U0095734

BIONICLE®

生化战士酷玩小说

大冒险系列

DA MAOXIAN XILIE

TIAN LUO DI WANG ● SHIJIAN XIANJING

天罗地网 ● 时间陷阱

[美] 格雷格·法世奇 著 王淑青 译

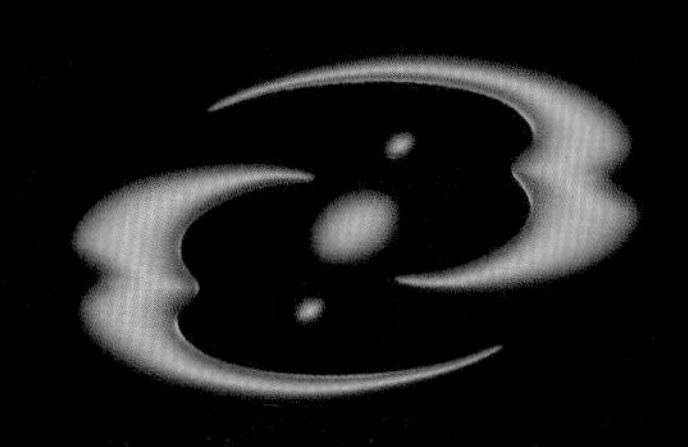

接力出版社
Publishing House

桂图登字:20－2007－004

图书在版编目（CIP）数据

天罗地网·时间陷阱/(美) 法世奇著；王淑青译.—南宁：接力出版社，2008.1
（生化战士酷玩小说·大冒险系列；5）
ISBN 978-7-5448-0183-6

Ⅰ.天… Ⅱ.①法… ②王… Ⅲ.长篇小说–作品集–美国–现代
Ⅳ.I712.45

中国版本图书馆CIP数据核字（2007）第205749号

责任编辑：王淑青　　美术编辑：卢　强
责任校对：张　莉　　责任监印：梁任岭
版权联络：钱　俊　　媒介主理：覃　莉

社长：黄　俭　　总编辑：白　冰
出版发行：接力出版社
社址：广西南宁市园湖南路9号　　邮编：530022
电话：0771-5863339（发行部）　5866644（总编室）
传真：0771-5863291（发行部）　5850435（办公室）
网址：http://www.jielibeijing.com　http://www.jielibook.com
E-mail:jielipub@public.nn.gx.cn

经销：新华书店

印制：山东新华印刷厂德州厂
开本：850毫米×1168毫米　1/32
印张：5.5　　字数：120千字
版次：2008年1月第1版　　印次：2008年1月第1次印刷
印数：00 001—15 000册
定价：16.00 元

天罗地网

引 言

瓦克马长老小心地把石头摆放进众所周知的阿马迦圈里。数百年来，他用这个沙坑来讲述过去的故事并分享未来的幻影。但是这一次，却不得不分享一个黑暗的传说。

他依次看着每个努瓦战士的脸，他们都聚在一起等待故事开始。然后他瞥了一眼光战士——塔卡努瓦，他仿佛有点想置身事外。他旁边是作为历史记录员的马特兰人哈莉。瓦克马意识到自己已经耽搁得太久了，是开始的时候了。

“朋友们，再一次聆听生化战士的传奇吧。”他把石头摆放好，开始了讲述。

“很久很久以前，在圣灵的感召下，我们六个马特兰人完成了身份的转换，成为强有力的战士。我们这些美特吕战士，包括诺加玛、马陶、威诺瓦、奥奈瓦、努祖，还有我。我们历尽艰险，击败了我们不共戴天的敌人马古他。”

瓦克马把六块战士石放在一起，在沙坑的中心摆成一个圈。

“我们成功了。马古他被囚禁在固态能量体里，被战士的元素能量密封在里面。

战胜马古他后，我们来到一个新奇的地方——马他吕岛，作为我们新的家园，这个地方好像会让我们马特兰人和平地生活下去。一切看起来那么完美。但是这样的胜利来之不易。”

瓦克马把代表马古他的黑色石头扔进沙坑中心，让它的阴影降临在其他石头上：“许多马特兰人遗留下来，在马古他的黑暗统治下过着动荡不安的日子。我们战士们团结在誓言下，知道有一天，我们将重回我们的故乡，拯救这些原本我们应该拯救的马特兰人。”

瓦克马瞥了努瓦战士们一眼。虽然现在身为长老，过去的事情与他已经毫无关联，但他还是尽力让自己的思绪飘回到美特吕。

“那一天来得太突然了。”他说话的语气仿佛又回到了战士时代，“这一次旅程对于美特吕战士来说不是那么轻松，因为马古他不会轻易对那些昏迷的马特兰人置之不理。”

听着瓦克马的讲述，努瓦战士加莉强压着恐惧。

“他们沉睡的地方被恐怖的生物把守着，那是一群歹毒的能欺骗任何人的恐怖生物。光是他们的名字就叫人心生恐惧——万毒蜘蛛。”

努瓦战士们的眼睛被沙坑里的景象吸引过去，代表马古他的石头穿透了沙坑下面的岩石，形成了蜘蛛网一样的裂纹，战士石眼看就要倒下去……

瓦克马看到这里，冷笑了一声，继续他的讲述。

①

奥奈瓦看见远处的海平面急速向他奔来，便本能地俯下身子，准备迎接冲击。他被海浪重重砸向林村泥泞的海岸线，然后滑向平滑的海滩，最后停了下来。

“嗯，太逊了。”他抱怨道。

突然，一个身影从垃圾堆里站起来，暗淡的月光映照着他的身形。“他”的突然出现让奥奈瓦吓了一跳。可是当那个家伙把头上的海藻还有泥浆弄掉后，居然露出了努祖的面具。

冰战士?!

“我们这次的运输出了点问题。”努祖说，“就是驾驶员的问题。”

马陶的脑袋突然从奥奈瓦和努祖中间的碎石中“破石而出”。

他就是“驾驶员”，船却在海上遇到风暴后在林村海岸报废了。

“嘿，我只是奉命行事。”他嘟囔道，“瓦克马才是下命令的人。”

“没必要这样批评别人，马陶。”

三个美特吕战士转过头，发现诺加玛从海浪中浮现出来。凭借她的自然力量，她显得与众不同。

“不管怎样困难，我们还是成功地到了这里。”

“是的。”马陶回答道，但显然还在生气。

“好了，随你怎么说。”意识到自己还被埋在瓦砾里，他又说道，“呃，谁能先把我挖出来？”

没等其他战士作出反应，地战士已经用震动钻清理掉了马陶周围的碎石，并用黑色机械手臂把风战士拽了出来。

马陶抬头看了看他说：“谢啦。”

地战士耸了耸肩：“举手之劳。”

五个战士站在一起，对刚经历的事情感到有点后怕。没有人想谈起瓦克马失踪的事儿，他恐怕不是缺席，而是挂了。

这时，战士们身后传来了一个低沉的声音，回答了这个谁也说不出口的问题。

“我们要在这里站一整晚吗？”火战士问道，“还是要去拯救马特兰人?”

马陶在林村慢慢走着，虽然身边围绕着战士伙伴，他却感到非常孤单。过去马特兰人工作、嬉戏的欢声笑语已经被异兽的嘶叫声取代。他们身边是被地震毁坏的建筑物。在还是马特兰人的时候，他无数次来到这里。这个城市不再像是一个家，而像是从噩梦里出来的一样。

战士们隐约感受到了城市新“居民”的气息。

凶残的蜘蛛一般的生物好像要把所有生物全部穷追直至抓获。现在他们正走在被蜘蛛网笼罩的雾蒙蒙的城市里。马陶想努力让自己振奋起来。

“所有这些网是哪里来的?”

“这可不是鼓舞战士的气象!”

突然，他就地停住了脚步。

远处，美特吕城的天际在朦胧中显现出来。原本光明的城市已经暗淡了许多，半透明的网在月光下发着光，在废墟上空摇晃着。紧接着，一群凶猛的野兽踩着战士的足迹，消失在黑暗里。

“什么?”马陶说，“那些是什么东西?”

“档案馆一定被破坏了。”威诺瓦回答道。他说话的语气说明事态很严重。

“你在那里都放了什么?”奥奈瓦问。

他是明知故问。对于传统的马特兰人来说，他们基本把档案馆当空气。

“一切!”威诺瓦回答说，过度的担忧使得他并不打算责怪他的朋友。

“它们大多都很危险。”

“异兽。”瓦克马加了一句。好像其他人都忘记档案馆里放了什么东西似的。

威诺瓦开始背诵那些档案馆里的展品，作为马特兰人他曾经无数次地做过这些。

“地村的档案馆存放了美特吕迄今为止发现的所有异兽。”

他的声音突然被黑暗中一个咆哮声打断。

“至少过去是的。”

一阵风把雾气吹散了一小会儿，档案馆的暗门显现出来。门已经裂开了，整个建筑笼罩在蜘蛛网里。接着雾气又浓了起来，再次把这些令人不安的景象遮蔽了起来。

“哪儿来的这些网?”瓦克马问。

“万毒蜘蛛，那些讨厌的生物。”威诺瓦回答道。

他知道瓦克马问的原因。这个地村的美特吕战士最近的回忆只是在档案馆里见过这些生物，但是为时已晚。战士们已经无法避免地要与这些生物狭路相逢了。他们无法躲过这个陷阱，但瓦克马还是对威诺瓦不早点提醒他们感到很失望。

“照你说的，这些家伙不好对付了。”奥奈瓦说。

“我从没有听说过这些生物。”诺加玛说。

“大多数人都不知道。”威诺瓦解释道，瞥了瓦克马一眼。

“原本就不是来自我们这里。”

“好吧，那就是老邻居了。”马陶嘟囔着。

诺加玛看着她的朋友们。她从来没有感觉到他们在行动过程中如此迟疑不定。所有的人，瓦克马除外，当然他在他们到达城市以后就开始不耐烦地到处走动了。

“没有想到的讨厌的事情。”她同意道。

“但是计划有什么改变吗？”

“没有。”瓦克马急促地说。

“我们去竞技场拯救马特兰人。出发！”

“我们会被碾成粉末。”威诺瓦插嘴说。

没有人应声，过了一会儿。努祖静静地说：“这是不可能的。”

“与马古他的对决我们都胜利了。我真的怀疑一些看起来有点恐怖的东西会给我们带来什么麻烦。”瓦克马说，“同意吗？”

其他战士想了想他的话，都表示同意。毕竟，已经没有什么选择。如果回去，就意味着把马特兰人留给万毒蜘蛛，可是谁能保证这些家伙能有一点仁慈之心？

“好吧。”瓦克马说，“跟我走。”

火战士刚迈出一步，一个能量飞轮从黑暗处飞了过来，正中他的后背。很快，麻木的感觉涌向四肢，让他动弹不得。接着五个飞轮依次击向其他五个美特吕战士。

“别动。”瓦克马说。

威诺瓦的身体失去了平衡，开始向前倾：“别停留。”

“这样会受伤的。”马陶说。

地战士摔倒后，顺势撞倒了其他战士。他们在地面上躺成了一堆。瓦克马被压在最底下。

“你们还好吗?”火战士问。

“我们身体都麻了，”努祖回答道，“但是其他部分没有受伤。”

“是的，我们就在你的后面，无畏的领袖。”马陶带着嘲笑的口吻说。

“争吵并不能使我们脱离险境，马陶。”诺加玛说。

“不，在直接向陷阱出击的时候先想想怎么做是有意义的。”

“如果你有什么话，马陶，你就直说。”瓦克马咆哮着说。

“省省吧。”马陶回应道，“我遇到大麻烦了。”

一片嘈杂的声音从黑暗中传出来。摩擦声、跑动声让战士们心生寒意。好像大部队在行军，正在包围绝望的勇士们。

“那是什么?”奥奈瓦低声问。

“我们很快就会知道了。”努祖回答道。

一些模糊的身形在雾气里越走越近，最后在雾中露出面目。化骨蛛，一群绿色系的万毒蜘蛛，爬行在一片空旷地带中，做出咬牙切齿的样子。它们安在背上的发射器里装备着能量飞轮。它们的所有一切都令人厌恶，好像它们能释放某些精神毒药一样，让发现它们的人心中翻腾起黑色的情绪。

战士们由于脑袋不能动，看不清楚它们。马陶说："让我猜猜看，万毒蜘蛛？"

"是的。"威诺瓦回答道，"用它们的话说，叫'毒祸'。"

"它们还有语言'舌头'吗？"奥奈瓦问，"我只看到牙齿。"

看到战士们已经没有什么战斗力，化骨蛛开始包围他们。

诺加玛想大声尖叫来表示自己的存在，因为现在已经恐惧到极点。然而，她克制住自己，向下瞥了火战士一眼。

"瓦克马，我们该怎么做？"

但是，瓦克马没话可说。所有他能想的仅是他已经把自己的队伍带到一个想象不到的又无路可逃的境地。他的失败意味着不仅仅是他们，所有在竞技场地下被囚禁的马特兰人都将无可避免地遭遇厄运。

"我不知道。"他静静地说，"我不知道。"

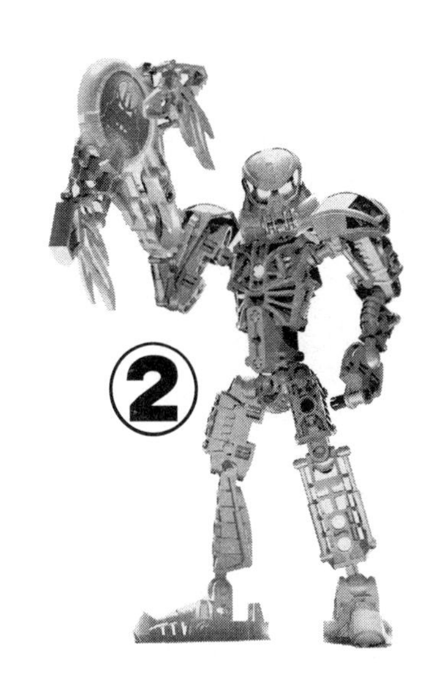

②

一只孤单的万毒蜘蛛急速地向竞技场爬去。它生怕慢了半步，那样就有可能被同伴看成是衰的信号。因此，它竭力让自己看起来意志坚强而不是恐慌。

它急速地穿过门进入了一个大的走廊，里面摆放着一些银色的球。万毒蜘蛛在占领这个地方不久后就在地下室发现了这种银色的球。这些蜘蛛生物起初并不确定这是什么东西，但是毒蛛邪帝——它们的首领，命令它们小心看管。

毒蛛邪帝。这个名字让人理解了这个生物为什么这么匆匆忙忙了。如果他从其他地方知道这个消息，他就会让他倒霉的随从为此承担责任。更糟的是，他会把它移交给毒蛛魔后取乐。

这只万毒蜘蛛到达了王的居室。毒蛛邪帝坐在以前马古他（他的导师）坐过的椅子上。他用一种残忍和无聊的眼神看了一眼凑向自己的生物。

“我想，一点都不重要。”他说，“你看，你都晚了。”

这只蜘蛛兽弓身合上下巴，用它的身体语言说明要有重要信息传达。

毒蛛邪帝侧身向前：“最好是好消息。”

这只蜘蛛深深地吸气，发出了一种简单而尖厉的声音。这能充分吸引毒蛛邪帝的注意力。

“战士?”毒蛛邪帝说，“他们为了那些马特兰人又返回来了。那些马特兰人现在属于我。我想，你不停地抽搐是不是说战士们已经被抓获了?”

蜘蛛朝一扇墙上的大窗户点点头。毒蛛邪帝起身俯瞰这个现在被他控制的城市。眼睛突然聚焦在一个新的“景色”上面：六只大茧，每只里面装着一个美特吕战士，被高高地悬挂在美特吕大街的蜘蛛网之上。

“谢谢你。”毒蛛邪帝说，“干掉他们。”

这蜘蛛点头转身就走，高兴的是接受了命令而且可以有借口离开了。毒蛛邪帝以情绪多变而著称，他可能在夸奖一个毒蛛的同时把它压成碎片。

就在毒蛛即将走向出口的时候，一个新的声音急速传过来。

“是不是太草率了，王?”

这个随从不敢回头看，它知道这个发出声音的人。

毒蛛大军的每个成员都知道，并且惧怕她——毒蛛魔后露达姬。但是在邪帝的眼睛里，她令人信任并让人垂涎。

“我的王后……”他说，语气中透着敬畏。

“不，现在还不是你的王后。”露达姬回答道，“还不是。”

“当然，还不是正式的。”王说，“你想说点什么？”

“历史教导我们，对于领导者的评价是由他的敌人决定的。”

愣了一会儿，邪帝才知道她所指的是什么：“战士？”

“一个极好的对手，我的王。”露达姬说道，手指着那些悬挂着六个无助的战士的屋顶，“配得上你的统治。值得去死，能让你铭记一生。”

毒蛛邪帝仔细想了想。坐在黑色的宝座上，他发现正适合自己。实际上，这并不属于自己，那是马古他的恰当位置。毕竟，马古他现在并不在，现在位子上的是毒蛛邪帝。或许，因为他的传奇增加了这一笔，他希望能成为更厉害的人物。毕竟，什么地方写着阴影只为马古他服务呢？

他笑了笑：“我想我可以让局面变得更传奇一些。”

“我总是欣赏你的判断。”露达姬发出赞许的咝咝声。

“只要相信你的手段需要一些证明。为了后世子孙。”

“证明？”

露达姬冷冰冰的回答笼罩了冰村的知识塔：“把那些战士带上来。”

在竞技场的顶部，万毒蜘蛛们在争抢有利的观看位置。经过几天的围猎，除了一些异兽什么也没有捉到。最后都是一些已变异的处理品，都不值得观赏。战士是个稀有的战利品，他们大多数都很聪明不上陷阱的当。然而，战士们被胜利冲昏了头脑，更容易犯错误。

几个闪凌蛛在争抢一个最佳的观察点。然而旁边的地幻蛛拒绝移动，它们拥挤在一起，最后这些蜘蛛都滚到了竞技场里面。

威诺瓦通过他的“优良”位置正好看到这一切。他倒是愿意放弃自己的“优良”位置给它们，如果有机会的话。但是万毒蜘蛛大军的任何一员都不想把自己悬挂在城市上空的茧里，像战士一样。威诺瓦看见万毒蜘蛛从一个狭窄的裂口下落直到它们从视线中消失。

“给劲。”他喃喃自语。

马陶瞥了一眼瓦克马被悬挂的位置，他被结实的“茧”遮蔽住了：“好吧，喷火人，我们不能说你没带我们看这个城市了。”他说着，语气中透着怒气，“当然，我们可以说是因为你才让我们被抓、中毒。我不认为我们到这里是来看风景的，马上我们就要被摧毁。”

奥奈瓦打算说点什么，这时候他看到那些悬挂大茧的带子开始变弯。当他开始说话的时候，被网蒙住了嘴巴：“嗯……”

“奥奈瓦也同意了。”马陶说。

“这不是瓦克马的错！”诺加玛在大茧中厉声说道，这时四对眼睛都把怀疑的目光投向她，她接着说，“好吧，不全是。”

“别打岔，诺加玛。”瓦克马说，“我竭尽全力领导你们，我希望我是称职的，但是从我们所经历的一切，我逐渐认识到一个道理，那就是——我就是我，不管我想做什么，这一点不能改变！”

这时候有一种抽搐从火战士身体里发射出去。很快，一条奇怪的腿从他的茧里迸发出来。这是一条混合能量的战士手臂或者其他什么东西，这些把战士们吓坏了。

在竞技场的阳台上，毒蛛邪帝和露达姬看着瓦克马的变异。露达姬微笑着把手臂搭在毒蛛邪帝的肩膀上，看着她认为的战士的噩梦即将来临。

接着这样的变异也在其他战士的身上发生了。他们抽搐着，毒液改变了他们的身体和内心。他们的面具变大并且融进他们的脸庞，他们的腿变得更加有力。甚至他们的心灵也变得粗野。

“我不喜欢这样！”马陶叫着。

努祖向下瞥了一眼自己的变异，这个动作带来的副作用就是让包裹自己的布条破了很多，让自己能更看清楚自己的变异也发生在其他人的身上。

“你马上就会喜欢上它的，马陶。”努祖说。

诺加玛看了一眼瓦克马。他是第一个转变的，因此他的茧破坏得更严重：“瓦克马！”

火战士闭上眼睛，当最后一条绳子断了，他说："对不起，我让你们掉下去了。"然后他摔向地面。下面是蜘蛛的喝彩声。

威诺瓦感觉到自己失去了控制，网已经承受不了他增加的重量。他尽力在落地之前先说点什么，但是只是尽力而已："哦，再见。"

马陶看着威诺瓦、奥奈瓦、努祖相继摔向地面。很难相信马上就轮到自己了。他看了看诺加玛说："诺加玛，我想让你……我需要你知道我一直……"

但是在他说完自己的话之前，他也掉了下来。诺加玛闭上了眼睛，不想看到自己像自己的同伴那样。然后她也滑落下去，感觉到风和地面一起向她扑来。

瓦克马回想了一小会儿，他肯定会精神错乱。从百米高处坠落，下面是坚硬的粗糙的地面。他准备迎接这次撞击，但是好像根本就没有什么反应。他想：从那么高的地方坠落，即使战士装甲都无法幸免。他还在穿着战士装甲?!

他看着一个模糊的移动物体从他的眼角略过。起初他认为是其他战士在他的身边滑落，然而，他感觉到剧烈的撞击，好像有样东西把他在空中抓住一般。震动让身边尘土飞扬，整个世界变成了黑色。

在高处，诺加玛看到了这一切："是谁?"她在开始滑落之前，被抓住了，避免了被摔死。

一个接一个，每个战士都被神秘地救起。马陶是最后一个，他看到了移动的身影，继而大声叫着："小心点，别弄坏我的盔甲。"

瓦克马很激动。地面在他下面移动。但却不是在步行。不，他正在被别人……或者其他东西背着。他不能确定那是谁，或者去向何方。

“发生了什么事情?”他问。

救他的人一言不发，只是远离竞技场。瓦克马担心自己要掉入能量熔岩桶中进入大熔炉。是不是这个新“朋友”是某些带爪子的万毒蜘蛛，想把他带到一个比死亡更可怕的地方?

“回答我。我是战士!”瓦克马说。

那个背着他的奇怪的人物轻声笑着回答道：“不完全是吧。”

马陶醒过来，面前是一条沟。

他被拯救自己的人很随意地扔在这里。那个人已经不见了。

他抬起头四处张望，发现已经是午夜，而他待在水村的废墟里。

“你好！”他呼唤着。

“诺加玛？威诺瓦？努祖？奥奈瓦？”

黑暗里没有什么回声。马陶耸耸肩，带着不情愿的语气又喊了一句。

“瓦克马？”

还是没有回应。

马陶伸手清理了眼睛里的沙砾。首先看到的是自己在水里的倒影。但他看到的不是一张战士的脸，而是一张怪异的野兽的脸。

“不!”马陶大声叫喊。

他用手击打自己的脸，竭力想证明这一切都不是真的。他感受着粗糙的面罩轮廓，而那以前是平滑的表面。

“这不是我。”他轻声地说。

他心中愤懑，气恼他现在的样子，气恼马古他破坏了他们的城市，气恼瓦克马领导他们误入陷阱。

他用拳头向水面重重砸去，激起水面的倒影。

好像一点也没有变化呢，他想。水面又恢复了平静，他又看到自己野兽一样的样貌。

这时候，其他战士来了。

“没有什么，马陶。”诺加玛说。

马陶抬头看着她，然后看着其他的人。他们不再是战士，甚至不是马特兰人或者长老了。他们是野兽、怪物，让马特兰人害怕的怪物。

“好吧，”他怒气冲冲的，“你觉得这样没有什么吗?”

“我们都活着呢。”诺加玛回答道，“我们一起会找到解决办法的。”

“这就是友谊。”威诺瓦插话进来，他的语气比马陶以前感觉到的柔和了许多。

马陶起身，转向瓦克马，用力推着他的脸。

“我没有听到你说什么，石头脑袋。你在想什么，在编造一个伟大的计划吗？”

瓦克马向后退了几步，咆哮着。

“我正在考虑新的计划。”

“好吧，这是我变丑后听到的第一个让我高兴的消息。”马陶回答道。

努祖走向他们之间：“不管我们现在长什么样，我们最好运用我们的元素能量找到我们变成这样的原因。”

诺加玛点点头：“我们越早这样做，就能越早去拯救马特兰人。”

马陶转向他们，一脸怀疑的神色：“我们现在都需要被拯救，还怎么去拯救别人？”

没有人回答。

这时候，一个年长和智慧的声音打破了寂静，但是不知道来自哪里。

“如果你足够聪明，如果你希望能再一次变回你自己……”

六个陌生的身影从黑暗中走来，每个的脸都像拉希但是走路弓身的样子又像那些异兽。走在前面的那个是暗红色的，他依次检查了每个战士的身体。

“你们仔细聆听——”他说。

毒蛛邪帝站在阴暗的带日晷的王室里。伟大的计时设备已经停止了。在遭受双重阴影的美特吕，马古他等待的时刻，已经到来并远去——那是他抓住自己使命的时刻。但是战士们让他遭遇挫折，击败了他，现在他被密封在能量原晶体里。

黑色的万毒蜘蛛魔后盯着手掌中的石头。它是黑色的而且粗糙，像一块黑曜石。是她从马古他的“笼子”上面凿下的一块。即使这样的一小块也让她费了很大力气，因为只有战士才能毫不费力地撕开这个囚禁阴影之王马古他的牢笼。

“睡吧，我的马古他。”她对石头低声说，“睡吧，如你所想，我要唤醒你。”

她笑着。脸上的表情能让最勇敢的万毒蜘蛛都跑去避难：“战士们回来了，就像你说的那样。现在他们的尸体被带到我面前，我要吸干他们的元素力量。这个力量将去除捆绑你的密封层让我们独立。”

露达姬温柔地、充满爱意地把马古他石放进自己的胸甲里。石头开始跳动，像是心跳一样。

“到现在，没有必要做那些猜字游戏了。”

她低声说：“我，我们将一起……”

她突然停了下来，表情像石头一样僵硬。盘问道：“什么事情？”

一只万毒蜘蛛从厚厚的网中迈出来。看起来好像不是跑掉那么简单。如果这个消息没有送到。露达姬就会砸碎那个可怜的家伙。

它战栗着开始报告。露达姬专注地听着。瞬间打断了它——

“战士？难道他们还活着？”

这个万毒蜘蛛的嘴巴一下就僵住了。它扫视四周，看着周围还有那些房间。然后，它非常安静地回答了这个问题。

露达姬的反应很快。她转过身，把一根柱子砸成了灰尘。万毒蜘蛛后退以免她把怨气发泄到它身上。但是毒蛛魔后根本对它不感兴趣。她的愤怒集中在一群特别的团队上，他们的名字对于她来说就是毒药：异者。

“流星锤异兽——奇唐古。”

在他说出这个名字之后，火之异者早就迫不及待了。但是从战士脸上的表情看，好像他们从没有听说过这个名字。

奥奈瓦，至少他要不懂装懂。“是唐古的钥匙吗？”他说着，好像真的是的。

火之异者看了地战士一眼。接着说：“流星锤异兽是个尊贵的异兽，善于处理毒液，不止万毒蜘蛛的毒液。作为一个战士，你就必须要找到他。”

“但是，我们现在是什么？”诺加玛问。

“万毒蜘蛛的毒液在你的身体里起作用了。”火之异者严肃地说，“如果不及时处理，它就会在你们的身体里长久存在下去。”

努祖皱皱眉。他的心灵已经被过滤了，自从他变成现在这个模样。

他看了看火之异者，静静地问：“像你一样？”

“我是异者，火之异者就是我。”然后这个异形的生物开始用手指点着他身后的团队，依次介绍，“水之异者，地之异者，冰之异者，石之异者，风之异者。”

接下来是一段寂静。

最后沉默被马陶打破了。

他用笨拙的语气问："你是怎么设计出他们的？"

"他们与生俱来。"火之异者回答道，"他们每个人都不一样。"

诺加玛摇摇头。实际上她根本就不关心这些异者是什么或者究竟怎么样。她最想知道的是——"你能带我们去见流星锤异兽吗？"她问。

风之异者强忍住笑。火之异者转过身严厉地看着他的同伴风之异者。

诺加玛看着他们："我不理解。"

"风之异者不合时宜的举动暗示这个问题会很难。"火之异者回答道。

"我们异者很早就来到美特吕寻找流星锤异兽，但始终有一些人怀疑他的存在。"

努祖眯缝着眼睛："那你呢？"

火之异者挺直身体认真地说："我相信。"

诺加玛点头说："那我们就必须相信了。"

"咳，姐姐。"马陶打断道，"你是否应该想想再说，要知道我们是个团队！"他转向瓦克马，这位火战士正远离大家站在一边，"你是怎么想的，造面罩的？"

火战士眼神中充满了热情，他说话的语气仿佛置身事外："我们来到美特吕的目的是拯救马特兰人，而不是来搜寻奇异的野兽的。"

"你找到解决方法了吗？"火之异者催问道，"用你的新的魔兽力量？或许你还没有完全掌握吧？"

"我不知道。"

“是不知道，还是不想把其他人考虑在内?”火之异者继续追问。

瓦克马从火堆旁转身狠狠地瞪了异者一眼。然后站起来，消失在黑暗中，只丢下一句：“都不是。”

“瓦克马!”诺加玛说。对他的行为很震惊。

火之异者盯着陷入困境的魔兽战士：“我要和他谈谈。”

“那我们怎么办?”马陶问。

火之异者笑了笑，但是他的表情有点幽默：“你们自己准备好，我们需要证明一个传说。”

火之异者花了一段时间才让瓦克马冷静下来，他们最终达成了妥协。回到魔兽战士中间，他们建议先去拯救马特兰人，然后再去寻找流星锤异兽。六个战士同意了，他们认为即使自己永远变成魔兽战士，也远不如拯救被马古他催眠的马特兰人重要。

他们能够成功地营救马特兰人，至少这是肯定的，至少没有人想质疑。但是遗留的问题是怎么才能把他们带出城市并且运送到马他吕岛上。力刚2号坠毁了，即使不这样，也没有足够的空间装载将近一千个马特兰人。最后马陶建议收集现有的材料建造飞船，把马特兰人带到安全的地方。

城市已被万毒蜘蛛占领，被异兽践踏，说起来容易做起来难。

历经磨难的战士已经很善于得到他们需要的工具来制造飞船并且隐藏它们。一旦马特兰人获救，离开这个城市就刻不容缓了。

过去的胜利不存在了，魔兽战士们丢掉了很多坏毛病，他们可以很快地掌握自己身上背的飞轮，但是却不能马上适应兽性。他们常常让愤怒控制自己的精神，这一点在瓦克马的身上尤其明显。他心中整天充满愤怒，最后彻底和大家分开了。

他整天在废墟旁边转悠，离暂时的营地很远。好像流浪是诺加玛和其他战士之间隐形的绳索似的。他检查着原本繁荣城市的断片。想起战士的使命、经历，和现在的自己。

让他迷茫的是美特吕城发生了那么大的变化。档案馆被地震毁坏，里面存放的异兽四散而逃，在城市里游荡。当他走在路上的时候，一个几乎致命的危险出现了：一只野生的马卡猫从垃圾堆里蹦出来，冲到他面前。它怒目而视，肌肉紧张地弯曲着身体，爪子随时准备抓向魔兽战士。

瓦克马本能地作出反应。他隆起背部，锋利的爪子扬起来，像个异兽那样咆哮着。他再也没有下一步的动作，只是本能地表现出兽性。甚至不是自愿的，飞轮已经成为他骨骼的一部分。

马卡猫后退了一下。它觉得这个家伙有点像自己曾经捕获的两只腿的异兽，但是行为上不像，更像是个野兽，让人生畏。意识到还有比求饶更容易的事情，这只马卡猫消失在黑暗里。

瓦克马努力让自己放松下来。用尽办法让自己放下兽性，让理性占据统治地位。

“那是什么？”他自问。

“你没有受伤吧？”

他转头发现火之异者正接近自己身边。这个异者在瓦克马离开营地后就静静地跟踪他。及时的是，瓦克马的兽性没有让他遇到。

“我想与众不同。”瓦克马回答道。

火之异者看着马卡猫远去的方向：“它只是受到了惊吓，它们是天生的独行客。而且遇到生人会很不适应。”

他对瓦克马打着手势说：“这些你知道的不多。”

这时异者看到瓦克马的飞轮处于激活状态并准备发射。“小心这个玩意儿。”他静静地说，“它可是个能量巨大的武器。”

瓦克马几乎没有注意到火轮的存在。然后他让它们消失掉。让他得意的是，他能像胁迫一只马卡猫那样胁迫一个异者。

“我当然想找出聪明的办法。”他回答道，几乎有点声嘶力竭。

然后他转身就走，却被火之异者的声音拦住了——

“你的朋友们怎么办？”

瓦克马紧跟在他后面，咆哮着说：“从前是朋友。如果他们认为当领袖是那么容易的话，那么就由他们尝试好了。”

“是这样的。”火之异者点头说，“但是，没有你他们不会成功。或者说你离不开他们。”

“你是怎么知道的?”

“我不知道。”火之异者说，“但是圣灵是这样的，团结、责任，还有使命。你们战士只有团结起来。这是你不能改变的。”

瓦克马看了异者好长一段时间，仔细咀嚼他说的话。然后转身消失在黑暗里。

“小心点我!”他愤怒地说。

火之异者看着他走了。是的，瓦克马，我要做些什么，他自言自语。

你在黑暗的日子里忍受得太久，但是或许没有你想得那么简单。

④

诺加玛孤单地站在临时营地的中心，等待着瓦克马和火之异者的归来。她知道火战士为什么如此失落。他们对他过于苛刻，虽然他傲慢自大的态度活该让大家如此对待他。然而，理解他并没有让她对他的愤怒减轻。因为他的不友善，令大家要去拯救马特兰人的使命变得困难起来。

她听到有声音从附近传来：“瓦克马?”

但是不是火战士，而是火之异者。看到他，诺加玛松了一口气，但还是掩饰不住对瓦克马没有回来的失望：“火之异者，你回来得正好。”

“瓦克马想得很多，”异者说，“我们必须给他时间，让他找到自己的使命。”

“如果他找到一个特别坏的使命呢?”奥奈瓦问。

“现在我们应该马上开始寻流星锤异兽了。”火之异者回答道，避开了这个问题。

诺加玛和奥奈瓦互相瞥了一眼，交换了一下眼色。疑惑异者为什么不想说瓦克马的事情。

相反，马陶对这个新话题非常兴奋：“流星锤异兽，太好了，能让我们重新回到过去帅的样子，马上开始吧。”

“但是从什么地方开始?”努祖问道。他始终怀疑像流星锤异兽这样的生物，在城市里居然没有人注意到他。

“一个你们都熟悉的地方。”火之异者回答道。然后他迈步就走，其他的异者都跟随着他。战士们互相看了看，决定火之异者的突然离开是一个信号，他们应该加入进去。他们站起身，跟在异者的后面。只是有点疑惑要去向何方。

在不远处，瓦克马继续漫无目的地走着。他的脑海里浮现着自己和火之异者的对话。团结，是什么意思?当那些战士不断地批评我的工作时，哪一个表现出了团结?好吧，我是犯了许多错误，但是奥奈瓦从来没犯错吗?还是马陶没有犯错?他才是犯错大王!

我只是遵照力刚让我做的去做，他自言自语。我把拯救马特兰人放在首位，把个人安危和一切置之度外，只是没有成功而已。我认为力刚挑选我们六个战士是因为马古他的激发，而不是圣灵。为什么所有人都对我们、对我的混乱感到惊奇。

“我自己可以做。”瓦克马大声说。

他的眼前浮现出他单枪匹马拯救马特兰人后，其他战士脸上震惊的表情。

“我要做给他们看。”

瓦克马爬上一堆瓦砾，发现自己正站在陡峭的悬崖边上。

很久以前瀑布曾经从这里流淌，如今已经毁坏了。现在什么也没有，只有巨大的网覆盖着的美特吕城。

魔兽战士俯瞰着自己的城市，又一次惊讶于它的巨大。自己一个人怎么能挑战遍布全城的万毒蜘蛛大军呢？怎样才能给马特兰人带来福音？

“我是在开玩笑吗？”他咕哝着，“或许火之异者是对的，或许没有其他人，我不可能完成，或许没有他们，我根本就不想干这些事情。”

他正在想着，突然一个飞轮从他头边呼啸而过。他跳跃、转身，站起身发现自己遭遇了绿色的万毒蜘蛛——就是那些经常在水村横行的绿色怪物。他想起水之异者说过，这些生物的飞轮能让目标彻底脱水，然后变成灰尘。

“谢谢你的提醒。”他说。他已经准备好再次闪躲。

这只蜘蛛兽又一次发射了飞轮，瓦克马毫不费力地躲闪开了。魔兽战士让自己的飞轮处于发射状态，说：“好吧，这次你遇到的可不是简单的敌手，让你长长见识。”

瓦克马发射出了飞轮。就在要击中绿色生物的时候，另一个飞轮击中了他的飞轮并让它改变了方向。瓦克马发现三个绿色生物凑上前来。背后是悬崖，前面是四个绿色蜘蛛兽。他落入伏击圈了。他的兽性展现出来，所有的异兽都不喜欢被逼向绝境，他发出了可怕的咆哮声。

蜘蛛们才不管这些，它们早就习惯了。那些异兽在被捕获后发出的威胁的叫声，是捕猎的兴趣之一。它们唯一遗憾的是这一次捕捉历时太短，还有五个魔兽战士等着呢。

五个魔兽战士跟随在六个异者的后面，站在水村的神庙前。

不管城市遭受到多大的破坏，神庙依然傲然耸立。似乎圣灵通过这个告诉我们一个事实：圣灵虽然沉睡，但是还没有死。

“是这儿吗?”马陶带着疑惑的口气问，“我相信他能让我们回到原来的样子，是现在吗?”

“如果你老是这样问，我们就永远找不到回到过去的办法。”奥奈瓦愤怒地说。

“你说得对，对不起。我不知道什么东西注入我身体里了。”马陶回答道，用尖厉的声音说，“是一种像魔鬼的野兽一样的东西。”

火之异者盯着两位战士：“如果你们作好了准备，我们现在就应该进去。”

五个战士都有些犹豫。诺加玛曾经在他们变成魔兽战士之后进入过神庙，她觉得非常困难，因为已经是中了毒的战士了。其他的战士也有同感。好像感觉现在进去是不合时宜的，然而，如果火之异者说的是对的，那么他们唯一成为美特吕战士的希望就在里面。

然而，没有一个迈出第一步。

威诺瓦疑惑着，是真的吗？是不是圣灵已经拒绝我们进入了？如果这是真的，那我们是不是丧失了战斗力？

魔兽战士瓦克马希望在一个大茧子中醒来，或者说它是个笼子。这样总算能证明自己还活着。当那些蜘蛛麻痹他的时候，他被重重地砸在地上，昏了过去。现在，他怀疑自己是在梦中还是无意识状态。

他一个人待在一个从未见过的房间里，捆住他手腕的绳子已经松落在地上。他拉了拉自己的镣铐，即使用他魔兽战士的增强力量，感觉还是很紧。

他的思想急速飞转。又一次被拘禁，被捕获?！我讨厌被捕获，我讨厌绝望。我是战士，火战士，我是魔兽战士！

一阵号叫划破了夜空，表达一种最原始的绝望和愤怒。过了一会儿，瓦克马想知道是什么异兽能发出这样的声音。然后他突然意识到这个声音来自自己的嘴巴。

“我怎么这样了?”

一个高大的身影走进了房间。她走路优雅而且无声，好像是阴影一样。她的脸和身体是阴影一般的黑色，但是她的眼睛却像火村的火焰一样闪耀。瓦克马从未见过她，但是从火之异者的描述中，他能猜出这是谁。

“你变成了……”露达姬发出呜呜的声音。

“是又怎样?”

毒蛛魔后在她的囚犯前停住了：“朋友还是敌人，这个由你自己决定。这就是我为什么邀请你来的原因。”

瓦克马又一次想挣脱镣铐：“邀请?”

露达姬笑了：“这个或许更让你喜欢，跟我走。我有一个建议。”

瓦克马的兽性让他充满了警觉，他的尖叫声预示着危险已经来临。他不管这些，问道：“如果我不想听呢?”

露达姬说：“理性一点，瓦克马。”

接着，她转身就走。然后，好像想起了瓦克马现在的状况，她挥了挥手——他身上的网荡然无存。

“听听又有何妨呢?”她问道。

她语气温柔，却像寒风一样冷酷。

5

瓦克马和露达姬站在竞技场的阳台上俯瞰废墟中的火村。他还是不太相信自己为什么会跟着她来到这里。或许是出于好奇，或者是一种想更好地了解敌人的渴望，或者她知道他根本就没有机会逃跑，或者只是他想知道她要说些什么。

不，不，他努力让自己相信，根本就不是这样的。

她扫视四周，确信只有他们两个，她的声音变成了模糊的低语："保密是非常重要的，但是毒蛛邪帝一定不知道我们说了什么。"

"邪帝?"

"就是蜘蛛大军的王。"她丝毫没有掩饰语气中的轻蔑。

“他不知道你抓住我了吗?”瓦克马不知道是否应该相信这一切。火之异者早就告诉他魔后有背叛的天赋。但是为什么她要假装不喜欢邪帝呢?

“不，他不知道。”她淡淡地说。

瓦克马耸耸肩：“他是领导。”

“我承认他是。”

瓦克马睁大了眼睛，对邪帝不尊的理由只有一个，而且她还是那么明目张胆。她到底要干什么?先不管自己，他开始对这个邪恶的和险恶的魔后充满了兴趣。

他向旁边看了看，蜘蛛在黑暗中潜伏着。“你不怕它们去告密吗?”

“它们忠于我。”她回答道。

瓦克马差点笑出来：“就像你对邪帝一样忠诚?”

“是的。”她的声音变得硬起来，“它们听我的是因为我强大，它们害怕我，它们不敢挑战我的权威。这就是领导，瓦克马。这就是其他战士应该如何对待你的方式。”

她靠近了一些，她的声音像触须一样包围了他：“或许他们不会说出这么可怕的事情?”

他瞪着她。她看不懂他眼睛里那个说不出来的疑问：她是怎么知道这些事情的?关于这些事情，她又能知道多少呢?

“蜘蛛大军是个军团，你知道，耳目众多。”她回答道。近旁，蜘蛛弄出了声响，然后笑声在它们之间传递着。

“我相信我的兄弟们。”瓦克马说。

魔后打断了他："有什么用呢？把你带回去？他们才不需要你这个领袖。这就是我带你到这里来的原因。"

瓦克马看着美特吕的夜空。他看到曾经熟悉的大熔炉和锻造厂的轮廓，这些在大地震当中几乎完好无损。"火村。"他哀伤地说。

"当我是一个马特兰人的时候，这里就是我的一切。意味着所有。"他回头对着魔后说，"现在它还是。"

"它还有可能是你的家，瓦克马，你想怎么统治就怎么统治。你需要做的就是领导那些听你话的人。"

她侧着身子靠近他，发出嗞嗞的声音："领导蜘蛛大军。"

火之异者在快要走进神庙入口的时候，突然想起瓦克马没有跟在他的后面。他转过头看着魔兽战士们仍然不舒服地待在离神庙入口几步远的地方。

"有什么不对劲吗?"他问道。

诺加玛看了看其他人，因为已经经历过这样的情形，所以她觉得最好还是对他说明一下："我们最好待在原地等着。神庙对于战士们是神圣的，根据发生的情况，我也不确定是不是不对头。"

火之异者听着她的话考虑了一会儿，然后点头同意道："我明白了，我们所做的一切并不是没有人看到。我必须要问问，我们花这些时间来完成这个任务值得吗?"

"见机行事。"诺加玛说。

她转身朝连接着美特吕和神庙的桥走去，其他的人跟着。只有马陶在后面。

“等等！”他在后面叫喊着，“难道你们不认为我们应该想想再作决定吗？”

“不！”其他四个战士异口同声地说。

少数服从多数，马陶耸了耸肩，在他的朋友后面大步慢跑。他不想一个人待在神庙外。

最好是跟一群人在一起，跟着团队。他纠正了自己的错误。这个地方充满了凶险，他们可能从四面八方而来，你可能根本察觉不到。

“我不知道。”

瓦克马有点难以相信，他正在准备接受魔后的邀请。他是个战士！他甚至被力刚那么信任地给予能量。怎么能在一瞬间有统领蜘蛛大军的想法？

但是，另一个强大的声音在他的脑海里响起：我不是战士，我不再是了，当我背负着战士的名号时我是个失败者。想想吧，六个魔兽战士和六个畸形的异者真的能战胜成千上万的蜘蛛大军去解救马特兰人吗？在这个尝试里，会有多少人死去？有多少马特兰人再也看不到岛上升起的太阳？

瓦克马竭力想赶走这些想法，但是这些想法来得更强烈了：如果我接受这个邀请，如果我接受给予我的权力，我可以命令他们把马特兰人放了，我会向魔后保证魔兽战士和马特兰人一起离开这里去安全的地方。如果这样，就意味着我还要待在美特吕，好吧，没有人会想着我。当然，我相信。

魔后打断了他的思路：“我知道你很不情愿，你需要证明。”

她转身朝向她的贴身侍卫，做着手势指向低低的阳台围栏还有前面的黑暗。“从这边跳下去。”她命令道。

蜘蛛们毫不迟疑，顺从地向前行进。让瓦克马吃惊的是，它们一个个地从阳台上跳了下去。他冲过去往下看。

从栏杆望下去，什么也没有看见，只有强烈的黑暗。然而，让他吃惊的是，他发现蜘蛛们在十步远的一个暗礁上趴着，没有伤到什么。

“我不知道那里还有一个暗礁。”他坦然地说。

魔后笑了：“它们也不知道。”

她前进一步，靠近他，说：“顺从。这就是我所要教给你的第一课。”

“你的王会允许吗?”

“这个我自有办法。”

瓦克马作出了决定。这不是其他那些战士还有那些老傻瓜异者能够理解的。他知道，最后他还是会确保他们的安全。他希望摆脱力刚战士的阴影。他不再想成为他不愿意成为的，然而，他要成为一个其他族类的领袖。

“洗耳恭听。”他静静地说。

魔后用一种胜利的低沉的声音说：“六种办法，瓦克马，六种。”

水之异者兴奋地工作着。石刻上的语言是古老的语言并且带有马特兰方言，她不太熟悉。她希望能戴上诺加玛的翻译面罩，但是那种能力已经离开她很久了。她不得不依靠经验和智慧。

一个温柔的声音转移了她的视线，她转过身，看到火之异者正在进入神庙的内室："水之异者，你还好吗?"

"火之异者，我，我听到有响动。"

"也许是我接近的原因吧，"他说，"年龄让我们的响动和智慧一样在增长。"

水之异者想通过他的话让自己舒服一些，但是感觉还是不对。她知道她刚刚听到的声音不属于这个地方。

"不，那是个生物。"

"万毒蜘蛛?"

她摇摇头，什么也没有说。

"水之异者，你听到了什么?"他问，他感觉到了她深深的不安。

"就是这样，我能感知所有物体，移动的、爬动的或者飞行的，通过视觉、声音还有味道。"她说着，皱着眉，"但是这个感觉不出来。"

火之异者很着急，水之异者是个有经验的追踪者，无论在陆地还是水中。她和她的其他异者朋友知道异兽王国不像任何人想象的那样，它们不得不为了生存。因为她承认了困惑："这个神秘的生物不得不……"

不会是马他吕吧，不可能是。他想。

他竭力掩饰自己的恐惧，伸出手臂安慰了一下水之异者："我相信什么也没有，那只是在进行这个翻译的过程中的一个小故障。"

“我想我已经竭尽全力了。”

“和你的朋友们集合去外面，检查一下战士们。”他说道。

“你呢?”

“我会帮助你的。”火之异者平静地说，“去找战士们。”

水之异者转身攀登上一副螺旋形的梯子去往神庙出口。火之异者一直等到他看不到任何水之异者的身影，他的注意力转移到了一个空荡荡的房间里——但是形式总是会骗人的。他知道。那些像恐怖的魔鬼的生物往往有一颗高尚的心，并且那些自称是英雄的往往是最邪恶的敌人。在每个生物的单薄的外壳下，潜伏着渴望显露的一颗野兽一样的心。

“现身吧!”

他命令道。

在异者的身后，一个身影在阴影之间移动着。火之异者看到他了，很困难才能确认，他更像是个异兽。

“我想你已经认出我来了。”黑影说道。

火之异者差点跌倒。是瓦克马的声音！但是根本看不到他。默默地，火之异者在心中感谢神让水之异者远离了伤害。

瓦克马的声音又在房间的不同角落响起：“我有个坏消息，水之异者没有准备去找楼上的其他异者朋友。”

“你对他们做什么了?”火之异者怒吼道。一时间，他认为瓦克马之所以走那么远，就是为了杀死其他异者。如果他……不管他们之间的能量有多悬殊，火之异者都要让他偿还。

瓦克马的声音又从另一个角落发出来："没有。什么也没有做。"

火之异者转着身体寻找战士的位置，尽力去让自己适应了黑暗："瓦克马，现在还不晚，你不必这样做！"

很长时间的停顿，然后一个像那个"美特吕英雄"的声音再次响起——

"给我理由，我就不会做。"

"其他的战士，他们需要你去领导他们。"一说出这些话，火之异者就意识到自己犯了个错误。

"那就是让所有其他的人最好。"瓦克马咆哮着，"她对于他们很适合，火之异者，包括我。"

"谁对你这么说的？谁把这些想法加到你的脑子里的？"火之异者问。虽然他已经得到了确定的答案。

"你会明白的。"瓦克马咯咯地笑着，"我正在打算。"

"我不明白。"

"你不必明白这个消息。只要执行就好了。"瓦克马的声音阴暗而愤怒。

"消息，什么消息？"

魔兽战士没有回答，只有咆哮声，仿佛他的身体从内部撕开了一样。火之异者向上看几乎看不到瓦克马，现在他完全陷入兽性一面了。

火之异者除了黑暗，什么也没有看到。

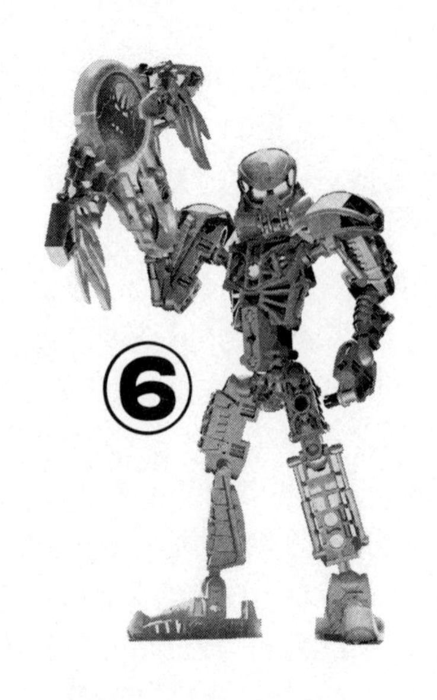

天已破晓。诺加玛感觉到苍白的阳光温暖了她的盔甲，她就醒来了。一瞬间，她疑惑究竟她的城市发生了什么？所有的马特兰人都去哪里了？为什么管道交通停止了？

然后是洪水一般的记忆涌来：杜马长老是伪装的，是马古他的阴谋；上千个马特兰人被迫装进银球里陷入昏睡。黑暗降临，大地震颤……

她摇头把这些记忆甩走。有更紧急的情况需要担心，她提醒自己。

她起身去神庙的门口。穿过这个拱桥就是美特吕最令人崇敬的建筑物了。令人惊奇的是，它依然屹立。像她记忆中的一样。但是，只是缺少了一点东西……

“马陶？”

风战士同意最后一个换防在后面警戒，但是他却不见了。发生了什么？她想。难道是蜘蛛们突然抓住了他，还不等他发出尖叫就把他俘虏了？

碎石头和木头突然从她头上倾盆而下。她疑惑地向上看，发现马陶在拱形门的上面，正在建造一个有点像鸟巢的东西。过了一会儿，他发现诺加玛在下面。

“哦，是你？”

“我还以为你一直在警戒呢。”

“我是呀。”

她给了他一个怀疑的目光，让他继续做。

“建造这个，你知道，这样的夜晚，我，我值班。”

诺加玛指着这个由木头和泥巴还有石头建造的奇怪的建筑物。“当然，这是一个患了精神病的战士做的最有印象的建筑了。”她淡淡地说，“你究竟要做什么？”

马陶从高处的拱门跳到她的旁边。“就是这个，”他坦诚地说，“我不知道这是什么。我就是要做这个，做个鸟巢。”

令人吃惊的是，诺加玛并没有生气。“我也有这个感觉，从那时起到现在。”她指了指自己，然后看着他。他知道她是指他们变成魔兽战士后。

“天快亮了，我们应该去找找其他人，看看那些异者怎样了。”

她走向那个临时搭建的宿营地。马陶在后面紧跟着：“这些欲望不应该在我的心里，难道说……”

他们叫醒其他人，然后他们开始起程穿过拱桥去神庙。“火之异者显得心事重重，但是有人看到昨晚发生什么了吗?”诺加玛问。

“什么也没有。”威诺瓦说，“许多无聊的事情。”

“是的，无聊的夜晚。”奥奈瓦也随声附和。

“我不知道。”努祖说，“我觉得夜晚的声音有点让人神魂颠倒。”他有点像个诗人了。

马陶冷冷地看了他们一眼。

“好吧，不管怎么说，我怀疑是什么让异者这么长时间这么难找到方向。”

“当他们开始书写一个生物，一个从很久很久以前就没有出现的生物……”努祖说，“很困难。”

“安静点，马陶。”诺加玛说。

“我再也不能忍受成为这个样子了!”马陶加快脚步，离开大家很远的一段距离。

“我们已经整整浪费了一个晚上了。我看到办法了，我们快去吧……”

他突然停了下来，他所看见的令他惊呆得说不出话来。然后，他虚弱地把剩下的话说完：“神庙。”

其他战士向神庙望去，神庙像刚被托塔龙蹂躏过。烟雾从里面飘出来，在夜空中蜷曲着。他们感到了前所未有的恐惧。一个接一个，他们快速穿过了拱桥。

里面的状况看起来比外面还要糟糕。建筑的内部结构毁坏了，当他们进来的时候，绝大部分正在闷烧。一层灰烬覆盖了一切。

“火之异者?”诺加玛叫着。他们没有看到任何异者的踪迹。他们集合了的恐惧告诉他们：新的盟友已经葬身火海。

“我什么也看不到。”努祖说。

“我们该怎么做?”奥奈瓦问。

诺加玛看着马陶，但是风战士只是摇头，没有任何答案。

“我希望瓦克马在这儿。”她温柔地说。

“他在。”

她惊奇地转过身，虽然那个声音很微弱，但确是火之异者。他被埋在废墟下。威诺瓦很快就把他挖了出来。努祖发现他凿下的碎片居然是水之异者要翻译的石头板子，他们希望最好能找到流星锤异兽的痕迹。

火之异者向上看着拯救他的朋友，但是目光里没有“缓解”的感觉，只有令人不解的哀伤。“他在。”他又重复道。

瓦克马站在竞技场的大门外。捶打着大门。在他身边是个巨大笨重的被蜘蛛网覆盖着的物体。他已经敲了很长时间了，根本就不受那些蜘蛛们的骚扰。虽然他的突然出现惊吓了它们。

邪帝的声音突然从广播中发出：“你一定脑子进水了，战士。我们不欢迎你，我们要消灭你。”

“你糊涂了，邪帝。”瓦克马大声说，“我不是简单的战士。”

一束光线从大门发出来停在瓦克马身上，好像是在试探。邪帝知道，当然会暴露什么，但还是很吃惊这个战士为什么会有这么快的戏剧性转变。

“魔兽战士，你为什么来这里?”邪帝问道。

“加入你们的队伍。”

邪帝笑了，扬声器的回声让他的声音听起来很可怕。在下面，瓦克马大声叫着：“为了证明我的价值，我献给你礼物。”

魔兽战士拉开了覆盖着的蜘蛛网，下面是五个异者。受伤的绝望的他们，即将被送到他们邪恶的仇敌面前。

邪帝的笑声停下来了。过了一会儿，竞技场的大门开了。瓦克马走进来，身后拖着异者。他已经被内心的黑暗吞没。

火之异者还是很吃惊在这么短的时间内发生了什么，这是一个多么具备毁坏力的“传说”。当他看着周围的战士的时候，他看到他们被深深地震惊了——瓦克马竟然攻击异者们。

“瓦克马从来不会做这些事情！”诺加玛还在坚持。她转身寻求支援，“对不对？”

其他战士都不回答。火之异者伸出左手搭在诺加玛肩上，安慰她：“你说得对，你知道瓦克马不会的。”

“但是？”

“他变了。”火之异者说，“就如你们大家想的那样。如果我们没有找到流星锤异兽，瓦克马会彻底变成另外一个野兽威胁我们。”

奥奈瓦低下头看着自己的新身体，尽力提高自己的情绪：“野兽。我想现在已经是了。”

没有人笑。

火之异者继续说：“原本在我们的身体里那一部分

用来让我们思考进步的让我们遗忘了。魔兽就是这样的。”

“我想我并不想成为魔兽战士。”威诺瓦决定道。

火之异者耸耸肩：“这也不是完全糟糕。成为魔兽战士会赋予你一种能力。能让你用从来没有想过的方式思考。”

诺加玛想起了马陶的筑巢，还有她新发现的跟自然的联系。难道这就是所谓的“礼物”吗？如果是这样，还不如回到美特吕战士。

“假设你是正确的。”她说，“我们必须找到流星锤异兽，解救马特兰人，在我们被我们的兽性控制之前。”

“是的。”火之异者回答道，看着诺加玛，“但是我必须警告你，瓦克马可能已经超越了流星锤异兽能做的事情了。”

“好吧，但是我们还要尝试。”马陶打断道，“我们欠喷火人太多了，我对他太严厉了。”

其他战士也点头同意。他们都对他太严厉了。即使在他们返回美特吕之后。大家都不管他要带领大家走向何方，更关心的是他的行为会如何影响到他们。

“你们能不能帮助他？”火之异者问道。

马陶的声调变得暗淡下来：“你们把这个都推给我了。”

一阵令人不舒服的沉默之后，努祖打破了紧张状态，说：“走，返回去搜索吧。”

“好吧。”异者回答道。

“我们能在瓦克马攻击我们之前，翻译出大多数的石板上的文字。上面写着：跟随下降的恐惧去冰村，直到天际。”

战士们看着神庙。一股大的液态能量原从石刻的面部流下来，像是一滴眼泪。

“在这里，我们能找到流星锤异兽。”火之异者说。

“能量原能向上流吗?”马陶带着疑惑的语气问。

“嘿，这个计划不太完整，但终究还是个办法。”奥奈瓦回答道。

风之异者努力在挣扎，异者们都被紧紧地捆在一起，并且被装在网中，正对着竞技场的观望台，就像是俘虏要被展示一样。异者抬起头发现火战士正在看着他们。

“瓦克马。”

“这个名字对我没有任何意思。”瓦克马回答道。

“它以前是的，它以后还是的。”风之异者说。

“是的，它会的。”

露达姬的声音传来，来到这个新加盟的盟友面前。“如果你想再次变弱。”她又加了一句。

“决不!”瓦克马回答说。

露达姬看着面前的俘虏，脸上没有任何的怜悯：“省省吧。诱饵在蠕动的时候更有诱惑力。”

魔后微笑着搭了一只手在瓦克马的肩膀上：“你将成为我想让你成为的一切。”

她发出嗞嗞的声音：“来吧，是时候来看看你的未来了。”

她转身走向室内，匆匆看了异者一眼，瓦克马紧跟着她。风之异者看着他走了。他想，他是否看到了马特兰人走向最终毁灭的证据?

7

在过去，通过运输管道，战士们从水村到冰村的旅程是简单而快捷的。两个村之间有十二条管道相通，多数都靠近竞技场。但是现在太多的管道遭到了毁坏，竞技场也处在万毒蜘蛛的控制之下，诺加玛和其他战士不得不选择一条远的陆上路线去冰村。

在就要到达林村和冰村的边界处的时候，他们发现连接管道的运河现在变成了奇怪的跨度，万毒蜘蛛已经在这两个村庄之间修建了一座网桥。诺加玛、努祖、威诺瓦还有火之异者迅速穿越过去，留下奥奈瓦和马陶断后。

石战士停下来听着什么。他们已经竭力不引起万毒蜘蛛的注意，但是他确信一群蜘蛛在接近边界处的地方发现了他们。他听到一种奇怪的声音让他的恐惧更清楚了。

“那是什么?”他问马陶。

声音越来越近，嘈杂的奔跑声使人感到有一打蜘蛛离他们越来越近。

“我给你一种答案，他们是万毒蜘蛛。”马陶回答道，“通过脚步的节奏。”

奥奈瓦小心地踏上了桥，然后犹豫了一下：“你觉得能承受我们的重量吗?”

“不知道，但是我倒想尝试一下。”

“好主意。”奥奈瓦说。

在另一边，诺加玛转身看到她的两个伙伴还落在后面。“马陶，奥奈瓦，快!”她大声叫着。

奥奈瓦小心地在桥上走着，很快，他发现这是一个错误，张力超过了桥的断裂点，网发出了可怕的撕裂声。奥奈瓦向下坠落，感觉到诺加玛、努祖、威诺瓦和火之异者像是从弹弓给发射到空中一样。

其他三个战士试图去抓住拱桥的边缘。

努祖环视四周，突然发现他们的成员少了一个：“火之异者在哪里?”

“在这儿!”一个声音从上面发出来，他们向上看，发现火之异者被夹在拱桥的网孔里了，“这可不是那么舒服呢。”

“是呀，”威诺瓦说，“待在那儿别动。”

诺加玛望向后面，奥奈瓦和马陶已经彻底陷入困境了。更糟糕的是，在他们的后面隐约可见蜘蛛大军正向他们逼近。在这个时刻，他们的两个朋友要么被捉住要么就会掉进运河里。

“最可怕的是，我不知道这两个情况哪个更糟。”她自言自语道。

瓦克马站在杜马长老在竞技场曾经居住的室内。后来长老被马古他为了他的阴谋伪装了。屋子中央是把黑色的、能旋转的宝座。即使现在位子空着，毫无疑问，那把椅子代表着权力。

“向前走，”露达姬召唤着，“去摸一下它。”

瓦克马伸出手让他的手指轻触着宝座。在这一刻，记忆像潮水一样涌来。邪恶行为的形象在眼前来来回回地闪现，并产生了一种巨大的想要占有那个宝座的强烈欲望。

不，不是我的欲望，是马古他的。他认识到了，但是在这个时候，是一样的。我们都一样。日食、地震，马古他靠着让圣灵沉睡才造成了这一切。马特兰人和异兽还有其他的生物将会被封存起来只有等到我们在他的控制之下才能被唤醒。这就是为什么万毒蜘蛛在这里的原因，这就是为什么它们不断前进，占领一片陆地接着又一片陆地的原因。美特吕没有任何人能阻止我们，他们，我们……

瓦克马把手从宝座上猛地抽开，仿佛被蜇到了一样。好像他沉浸在腐败的情景中有好几个世纪，而回到现实仅有几秒钟。

“你看到什么了?”露达姬问。

在瓦克马回答之前，邪帝的声音传过来了：“你能看，但是不能摸，瓦克马。”

瓦克马转身发现邪帝正走进来，后面跟着蜘蛛护卫队，然后邪帝重重地坐进宝座。

“我想对你说声谢谢。”他对瓦克马说，“因为你，这些异者将迎来他们适合的结局，就像我想的一样。”

“这只是他能为你效劳的开始。”露达姬温柔地说。

“是吗?”

“是的，我的王。”魔后发出低沉而舒服的声音，“瓦克马是我献给你的礼物，蜘蛛大军的一个合适的统领。”

邪帝摇了摇头。虽然他尊重魔后的智慧，但在这件事上她错了。这支大军是任何领域的指挥都不能统领的，因为它太庞大了：“魔兽战士和其他的都不行，只有一个人也不行。”

但是露达姬早就预料到他有这样的反应了：“这就是为什么其他战士到这里来的原因。在瓦克马的领导下，他们都会被抓住，然后接受训练，就像他一样。六个可以让你满意了吧?”

“好主意，露达姬。”邪帝说。

“把他当成是一个迷人的礼物吧。”魔后微笑着。

“好吧，”邪帝回答道，看着瓦克马，“我们将把你介绍给蜘蛛大军。”

马陶在两块突出地面的岩石之间绕着圈子，他很满意自己的创造，然后看了看奥奈瓦说：“快，跟上!”

“你不是我想象的那样。”石战士说。

马陶拉拉这个网试试它的力量，然后他迈上建筑物的中心就像弹弓一样，靠着网的弹力。

“太棒了！”奥奈瓦说，跟着风战士踏上了中心，“我就知道我总有一种喜欢你的理由。”

他们在一起，让这个蜘蛛网不断地向后，一直到了弹力的极限，“抓紧！”马陶喊着。

奥奈瓦抓着他，然后他们两个开始离地，像弹丸一样向前，他们飞起来直到看不到蜘蛛了。看到火之异者还在下面，奥奈瓦伸手下去抓住了他：“跟我们一起走吧！”

“我们成功了！”马陶大声叫着，“我们要成功了！”

但是风战士的话说得太早了，由于加上了异者的重量，他们的冲力消失得太快了，他们开始下落。

“噢，不！”马陶大叫着。

魔兽战士和异者砸进水中，上面的三位朋友关切地看着。“我们现在应该干什么？”威诺瓦问。

“看来火之异者是唯一一个知道如何找到流星锤异兽的。”诺加玛说，“我们游泳。”

她奔跑并从桥上跳了下去，用优美的跳水动作跳进了运河。一会儿，她就消失在液态能量原的下面了。

威诺瓦看着努祖：“噢，兄弟。”

两个战士走到边缘处，硬着头皮，跳了下去。

邪帝骄傲地走在竞技场的通道中，瓦克马规规矩矩地跟随着。邪帝回想起来今天发生的一切，和魔后的约定将会带来很多积极的效果。作为万毒蜘蛛大军的王后，她会和邪帝平均分配战利品，如果她不想在未来削弱他的权力，那么在马古他面前荒谬地争宠的竞争就可以结束了。最重要的是，他现在可是站在魔后的地盘上，并且拥有了本来属于魔后的权力，这可不是个小的进步。

瓦克马是另一个对手，当然。邪帝知道他会背叛的，而且再没有其他人能看到这一点了。但是，邪帝坚信瓦克马的野心会在成为区域领袖为止，并不会窥伺王位。邪帝清楚地知道一个残酷的人物是多么渴望得到权力。

“你知道的，瓦克马，你让我想起了我像你那么大的时候。”他说着，瓦克马不做声，邪帝又接着说，“这是一种赞美。”

“谢谢，我的王。”瓦克马心不在焉地说。

“什么也不用想，这是我的统治的一部分。”邪帝继续说道，“我的大军是服从我的。它们会按照我说的去做，除非我又下达新的命令。”

“当然。”瓦克马回答道。

邪帝拍了拍瓦克马的背，几乎把他拍倒在地。

“好的，那么接下来……”

他们迈步登上了竞技场的观察台，下面集合了各种类型的蜘蛛大军。正在等待着号令。

“迎接我的大军吧。”邪帝发出嗡嗡的声音。

蜘蛛们的眼睛从邪帝掠过瓦克马，然后，它们开始向它们新的领导者鞠躬。瓦克马感到一种本能的激动。这些都是训练有素的猎手，破坏团队，已经毁坏了上千的地方，然而今天却要准备接受他的领导。在其他战士嘲弄他的地方，成百上千的蜘蛛们要在他的命令下发起攻击。

“或许你应该讲点什么?”邪帝建议道。

瓦克马兽性的一面开始升腾起来。他发出一声地动山摇的呼啸声。蜘蛛大军站起身来，也发出呼啸作出回应。

在远处，魔后看着这一切，掩饰不住地展开笑容。作为副手，她已经被限制了权威，许多蜘蛛在没有邪帝的命令下是拒绝做任何事情的。但是现在瓦克马控制了蜘蛛大军，而自己则控制了瓦克马。

邪帝可不知道这一点。她想着，他将会成为牺牲品。

魔兽战士在一个地下管道中用惊人的速度逃离。不像地面上的通道，这个仍旧是起作用的。显然，里面有很多以前马特兰人没有发现的能量资源。

这就解释了万毒蜘蛛是怎么进入美特吕的，诺加玛思考着，当她急速上升的时候，她想：“在地下海洋里，肯定有其他的通道还能用，虽然我无法想象。”

她的眼睛，更适合看到水下的物体，发觉有些奇怪的东西在前面。这个通道越往上越陡峭，看起来有些不太和谐。她能感到水中一些寒冷，当她往前的时候。一瞬间，她发觉自己不再在液体里，而是在通道中的冰面上滑行。

水，她是能够对付的，可是冰就是另一种东西了。她猛地冲出了管道，后面跟随着努祖和威诺瓦。他们三个在空气中滑行，然后撞向了一个雪岸。

诺加玛剧烈地晃动，她抬头四处看看。他们在一个白色的世界，太白了，以至于几乎什么都看不见。看起来这里像是冰村，但却是那种天气发疯的冰村。

“我们在哪里?”她问。

“在家。”努祖说。

威诺瓦抖掉了身上的雪：“好吧，那你知道我们在哪里了吗?”

努祖四周看看，用惊奇的语气回答道：“不知道。”

威诺瓦摇摇头：“总是看星星，但是大地同样有自己的秘密。”

火之异者的头突然从他们头上的雪堆中冒出来：“流星锤异兽从来没有被发现，这就是说，我们也找不到他生活在什么地方。”

“我不相信。”马陶的声音从左下方发出来。诺加玛转身看到风战士正从雪堆里爬出，手指指向远方。

“真的是连着天际。”他说着，语气里透着敬畏。

火之异者和魔兽战士看着他指的方向。液体从破裂的管道里涌出来，马上就变成了冰，形成了一座水晶一般的冰山。

“快来!”火之异者叫喊着，朝前冲去。

在竞技场的地面上，蜘蛛大军准备着下一场战斗。高处，瓦克马看着他的军团。观察着它们的一举一动。

“是不是和我承诺给你的一样?”

他转过身，发现魔后正走过来。他把注意力又转向蜘蛛大军。“我们很快就会证明。”他回答道。

“是的，大的变化就会出现。作好准备，在结果出现之前。很多事情会发生改变。”她指着正走过来的邪帝，“这就是要改变的事情之一。”

邪帝加入到他们的谈话中：“我的队伍怎么样，瓦克马?”

“顺从。”瓦克马回答道，“那么，邪帝，所有的都是这样的吗?”

“包括战士吗?”

“特别是战士。”瓦克马回答道。

邪帝思索着。作为王，他感觉自己应该发布命令或者安排执政官。但是瓦克马好像让一切都处于良好的控制之下。

“好的，那么现在怎么办?”

“最困难的部分——”瓦克马回答道，盯着城市的上空，“让我们等着瞧。”

在攀登冰山的过程中，马陶利用他的工具很快就把别人甩在后面。当他接近山顶的时候，他往后看，发现其他的人还在艰难地跟在后面。

“快，你们快点！”他大叫着，“太神奇了！”

马陶登上山顶，他站起身，向周围看着。在这个荒凉、冰封的广袤区域，什么也没有，只有冰和更多的冰。

“不！”他吼道。

这时候，其他人已经登上了冰山顶部。魔兽战士们疑惑地看着，难道这就是他们登上来的目的吗？

似乎只有火之异者没有意识到，这里没有任何流星锤异兽的痕迹。

“不要这么快地作出判断，马陶。”异者说，然后他转身对着荒芜的冰原冰冷的空气说，“我们非常抱歉打扰了您的宁静，尊敬的神兽，但是战士的责任使他们需要得到您的帮助。”

过了很久，什么动静也没有。马陶感觉自己像个白痴一样。为什么他们相信一个传说中的而且拥有神奇力量的异兽，这只是一些异者的想象。更重要的是，我们怎么回去？

“我现在可以作决定了吧？”他问，带着厌恶的语气。

好像是作为回答一样，冰山开始剧烈地晃动，好像要把战士们丢到山底下一样。

火之异者转向马陶说：“可以了。”

接下来发生的是一个谁也没有见过的景象：从冰雪的深处升起一个从来没有见过的生物。他的盔甲好像是阳光锻造出来的，他的全身散发着能量。他的右臂配备了一个盾牌，左手拿着一只锋利的尖锄。他的胸口下隐藏着一个飞轮发射器。这个异兽用一只眼睛看着聚集在他身边的人。

这是几个世纪以来任何生物都没有听过的声音，这个生物说：“战士。”

火之异者盯着这个回应了他的召唤的大家伙。他身体的一部分希望这一刻不要结束，因为这是许多年来工作和艰辛的高潮。

“流星锤异兽。”他说，语气里充满敬畏、希望、快乐。

接下来是长时间的沉默。最后，马陶开始说话了："哎，你这个大家伙，能帮我们吗？"

"我们来到这里就是为了得到你的帮助。"火之异者说，"你能帮助我们把瓦克马找回来吗？"

魔兽战士、火之异者和流星锤异兽坐在一个地下的巨大洞穴里，这个地方被异兽称为"家"。里面刺骨的寒冷、潮湿，气味也令人不爽。但是大多数战士都忽略了这些，如果能得到这个新盟友的帮助的话。

流星锤异兽看着火之异者嘀咕出了一个词："不。"

"好吧，那还是谢谢你。"奥奈瓦说着，已经准备起身离开这个黑暗的地方了。

"那我们就走了。"

威诺瓦伸出一只手按住他让他安静一下。流星锤异兽又开始说话了，这次用的语言没有一个战士能够听懂。只有火之异者认真地听着，好像能够理解似的。

"他说他不能因为你们开始一场战斗。"火之异者翻译道，"但是他可以帮助你们为了对三大美德表示忠诚。这些战士，这么做就是誓言的责任。"

马陶笑笑说："那么说可以把我们变成原来帅帅的模样——那些英雄战士的样子了？"

异兽看着风战士说："不！"

"我有些糊涂了。"威诺瓦说。

异兽又开始说话了，过了一会儿，火之异者加入进来说："当然，当然。"

"那是什么意思？"诺加玛问。

"流星锤异兽用一只眼睛看，所以没有看到我们全部。”火之异者解释说，“如果你们去救瓦克马，你们必须用你们的新形式和新能力，而不是去掉这些。”

马陶用拳头打了一下空气：“这么说，我们来到这里的目的就是为了证明我们不得不接受这个样子？”

流星锤异兽发出了一系列奇怪的声音。过了好一会儿，战士们才意识到这是他在笑。

“他认为这样也很有趣。”火之异者报告说。

“是的，有趣。”马陶苦笑着说，“我也是这么想的。”

流星锤异兽对火之异者说了几句，异者说：“你们的经历和为朋友的奉献精神感动了他。他说可以提供帮助，因为他从来没有听过这样的故事。同样，他觉得你们的请求值得去帮助。”

异兽哼了哼，火之异者似乎被这个声音镇住了。以至于他忘记怎么翻译这个，直到马陶提醒他：“这是？”

“这……”火之异者静静地说，“他说他乐意给我们提供帮助。”

诺加玛笑了，第一次感觉到毕竟有成功的希望了。她伸出拳头，一个接着一个，努祖、奥奈瓦、威诺瓦还有马陶把拳头和她的碰在一起。她看着火之异者，她的眼中有一种说不出的邀请他加入的意思。

“我的荣幸。”异者说，把他的拳头加入到这个环里。

马陶抬头看着流星锤异兽：“你也来吧，大个子！”

异兽伸出大手掌让这个环更完整。现在他们为了一个共同的目标团结在一起，但是没有人忘记瓦克马还在失踪。每个人都发誓找到他，把他从阴影中解救出来，不管发生什么。

瓦克马测试过他锋利的爪子无数次了，他失去了耐心，他想奔跑、战斗，想忘记在何地正在做什么。

不用怀疑，其他战士和火之异者正在谋划着如何对付他。他们永远不会理解他作出的这个选择。这是拯救马特兰人的唯一办法。他们是傻瓜，像我从前一样。被成为一名战士的念头苦苦纠缠，面罩、武器还有盔甲让你觉得能够敌得过任何人。

一团细小的、高热的火焰从他的爪子里发射出去。好吧，他们不同意，可是有的时候，力量悬殊太大了，有的时候盔甲里的能量根本就不可能强大到对付敌人。如果我和他们一起战斗，我们就全完蛋了，全体马特兰人也会消失。这是唯一的出路。

魔兽火战士看着雾蒙蒙的空气，试图发现他的老朋友。可是没有看到。

“他们在哪里?”露达姬问。

她根本来不及听到回答。有人在击打竞技场的门，门的铰链脱落了，一些蜘蛛警卫冲了进来，叫骂着进入了竞技场。因为门掉下来了。当烟雾消退了一些后，瓦克马看到五个魔兽战士进入了竞技场，好像整个世界被他们占领了一般。

“瓦克马!”诺加玛叫着。

她的声音打动了火战士的心，在老朋友不在的时候很容易在心里面忽略他们，但是现在又看到他们，就想起了过去一起经历的冒险经历。他什么也没有做，只是低语道："诺加玛……"

露达姬看到了发生的这一切，她依靠在观察台的栏杆上说："这不是你了解的那个瓦克马了，诺加玛。"

"我可没有听他这样说。"马陶愤怒地反击道。

露达姬看着瓦克马，他没有让她失望。

"她说得对，你们来到这里可不是按你们的意愿来的。"

威诺瓦指着他们从前的领袖说："我们是来救你的！"

"你们现在能拯救的就是你们自己。"瓦克马回答道，"低下你们的头，向我表示忠心吧！"

旁边，邪帝狠狠地咳嗽着。

"向蜘蛛大军！"瓦克马接着说。

邪帝继续咳嗽。

瓦克马终于听出了那咳声的含意："向邪帝。"

奥奈瓦向前一步："要是我们不这样做呢？"

火战士举起他锋利的爪子，含蓄的威胁显而易见："我会干掉你们！"

诺加玛看着她的伙伴，他们依次会意地点点头，他们来到这里可不是简单地为了能平安回去，更不用说是向一个明显发狂的喷火人投降了。她看着瓦克马，高举着自己的武器说："我可不这样认为。"

"是的。"马陶说，迈步走到她身边，"你和什么部队？"

瓦克马伸出手猛地扯掉了观察台上一排旗杆上的一个，把它掷向魔兽战士，他要让他昔日的朋友们葬身在他面前的这个大场地上。

不只是回答，更是一个信号，蜘蛛大军从四面八方向战士们包围过来。它们很快就填满了整个场地，一旦它们全部到位，每个蜘蛛都会激发它们的飞盘发射器并向战士们发射。

“哦，好吧。”马陶说。

诺加玛让她的飞盘发射器待命：“按照我们商量的来。准备……”

其他四个战士跟随着她，他们飞盘的能量在空气中发出噼噼啪啪的声音。

“你真的认为可以开始了吗?”马陶问。

诺加玛根本就不理会他：“瞄准!”

战士们变成了一个，他们的飞盘不再瞄准蜘蛛大军，而是竞技场的最高处。在诺加玛的号令下，他们每个人都伸出自己的战士武器加入这个旋转的能量场里。飞轮合并，他们紧紧地握着武器。不管走向何方，这些魔兽战士都会前后呼应。

诺加玛瞥了一眼马陶：“稍后再问我。”

在他们周围，万毒蜘蛛的飞轮发出愤怒的声音，像发疯的一群萤火虫。奥奈瓦对这些声音已经很熟悉了，这表明它们要准备发射了。

“哦，诺加玛?”他说。

水战士仔细地观察着万毒蜘蛛，等待着合适的机会，如果她移动得太快，他们会改变他们的目标，并且会击中战士。当他们攀登的时候，她已经没有办法选择，蜘蛛们已经要确定发射，不管多危险，都没有机会了。

露达姬的不耐烦在增加。这些魔兽战士已经没有退路，被包围了，瓦克马还在等什么？如果你想让敌人变成尘土，你必须自己做。她下定决心。

“发射！”露达姬达叫道。

万毒蜘蛛的飞轮发射了，随着露达姬的一声令下。在观察台的下面，马陶看着成百的飞轮向他们飞来。

“她在说什么？”他叫嚷着问。

五个战士发射了他们的飞轮，紧紧地握住武器，他们正在被带入空中。蜘蛛的飞轮正好击中在他们刚才站着的地方，彻底击穿了地面。

奥奈瓦抬头看着蜘蛛大军大叫着：“明白了！”不幸的是，他正在向竞技场的边缘撞去。

诺加玛、努祖、威诺瓦坚持原来的方案。他们驾驶着他们的飞轮，拼尽全力向上攀登。他们从前没有一个人尝试过这样的事情，实际上他们像是在驾驶着一个能量轮子。他们知道只有这个围绕着轮子的电磁场能够支撑他们。如果飞轮的能量削弱了，他们也就会挂掉。虽然现在他们好像是证明能够充分地撕开万毒蜘蛛的网似的。

诺加玛命令其他战士进入竞技场的过道的阴影里。但是马陶不这么想，一旦他发现他们处于安全的境地，他的飞轮就向上瞄准了观察台上的瓦克马。

“我们两个的事情到了该解决的时候了，喷火人。”他自言自语，“我回来收拾你，或者我再也回不去了。”

突然地震的声音让竞技场发出噼啪声，起初，好像是什么东西正在接近这个建筑物，但是现在好像是什么东西撞击了它。这可不是邪帝希望看到的景象。

“安静！这个声音——”他不安地说着。他伸出手调整了开关，让观察台的平台停止前进。他斜靠在一边，发现一个东西让他的“黑心”凉了。

流星锤异兽，身体发散着巨大的能量，正在竞技场的墙上攀登着。因为蜘蛛们正与魔兽战士激战，根本没有注意到他的接近。

“那是什么?”露达姬问，样子很吃惊。

瓦克马向旁边看了一眼，好像毫不在意：“我猜是流星锤异兽。”

“但是这个异兽根本就不存在。”

瓦克马的目光与毒蛛邪帝的目光相遇。他静静地说：“我想你错了。”魔兽战士将注意力转向露达姬说，“让我来处理他。”

她伸出手阻止了他：“不，瓦克马，这不是你的职责。”她笑着伸出她的手指向邪帝，“那是邪帝的事情。”

突然，有万种想法闪过邪帝的脑子：与流星锤异兽对决，当然无异于自杀；但是拒绝魔后的指派，就会失去她的尊敬；胆怯就会让蜘蛛大军不服从他的指挥了。最后，他真的知道他没有办法选择了。

露达姬也这样想。

邪帝骄傲地站起身握着魔后的手：“如果流星锤异兽原来是个传说，那他很快就会变成一个神话的。”

露达姬和邪帝走向平台的出口，面对着传说中的异兽。瓦克马落在后面。

“我应该干什么？”他问。

露达姬没有回头，她对瓦克马说：“未来，不远的将来，我想它很快就会到来。”

“是的。”

瓦克马转身正好看到马陶准备将发射飞轮射向他。在他能作出反应之前，马陶已经抓住了他，把他拉下了观察台。他们在竞技场的上空飞着。瓦克马一直在挣扎。

“放开我！”他大声嚷嚷着。

但是马陶根本就没有放手的意思。这时，瓦克马猛地把马陶的刀从飞轮区拧松，他们的上升突然停止了。没有了飞轮的力量让他们悬浮，两个魔兽战士向竞技场的尖顶坠落，他们撞击在中间的顶上，在一些碎片中间着陆了。

马陶首先站起身来。“你想下来，”他咆哮着，“那就下来吧。”

瓦克马从瓦砾中歪歪扭扭地站起来，眼中冒着火。伤痛还有愤怒。他兽性的一面又显现出来了。

“你的任务在这里，瓦克马。现在，在我们之间。”马陶说，“我们来这里是解救马特兰人的。”

瓦克马发出了一声愤怒的咆哮。

“你还记得吗？”马陶带着希望问。

这一次，他的老朋友的回答就是以超乎想象的速度向马陶撞击而去。

流星锤异兽几乎就要到达竞技场的顶部了。没有任何万毒蜘蛛敢于挑战他，它们可能是战士，但是它们不是傻子。

不是每个生物都能从异兽身边逃走的，然而，一束黑暗的能量流击中了他，在他攀登的途中，让他掉了下来向地面飞去。在半空中，他尖锐的武器插进了墙里，证明了他坠落的力度。

在高处，露达姬站立着，黑暗能量的残余仍然在她的指尖呼啸着。即使看到她的阴暗做法，异兽还是要尽力解救魔兽战士。她喃喃地说："我都快感动了。"

担心，错了！她和邪帝在一个很好的位置观察着异兽，悠闲地看着，仔细瞄准，她又发出一束能量流，这一次击坏了他的武器，异兽终于落下去了。

如果命中了，她想，传说中的异兽将会迎来他传说中的死亡。

9

这个叫做流星锤异兽的家伙会在落地之前想些什么呢？这是命运开的悲伤的玩笑？隐藏了那么长时间之后的现身就是为了死去？他会担心战士的安全吗？如果他死掉，难道这是一个充满勇气或者说鲁莽的、毫无畏惧的异兽的末日吗？

没有人会知道，他像陨石一样坠落，在地上砸了个大坑，撞击产生的能量持续在地面上释放，让地面像海浪一样起落。当最终归于平静的时候，竞技场的地面变成了坑坑洼洼的不平之地。

“不！”露达姬尖叫着，当意识到邪帝看到了她吃惊的神态，她变得温柔起来，“我想说，我们难道要确定吗？”

邪帝看了看下面一动不动的异兽，在魔后的壮胆下，说："如果这样能够让你舒服，我的王后。"

他从顶部降落到地面，露达姬跟在后面，她温柔的话语里带着伪善和尖酸："是的，只要你能保护我。"

马陶蹒跚地走着，沿着环绕中庭的狭窄的边缘，再走一步，他就是地下一摊绿色的污迹，瓦克马根本不管这些，他只是向他的战士推进。

"我说过，我想和你谈谈，瓦克马，而不是愤怒地争斗！"

"我才不会接受你的领导。"瓦克马咆哮着，"我听他们的。"

第一次，马陶相信他的老朋友确实变化了。不管他是什么原因和万毒蜘蛛结盟，不管是好还是坏，现在他看起来好像是已经深深地陷入了阴影之中，他已经迷失了。

"你究竟发生了什么？"

瓦克马咆哮着，脸上露出凶残的笑。

"你明白，显而易见的变化。"马陶说。

"不要打了，马陶。"瓦克马回答道。语气中充满着黑暗，"这是我们的使命。"

在马陶作出回答之前，瓦克马再次发动了袭击。马陶失去平衡掉落了下去，但是他的兽性在他被邪帝的一击击中后救了他。不幸的是，马陶看着攻击他的家伙，正准备发动战争，但是马陶的生命就要结束了。

邪帝和魔后站在落下的流星锤异兽面前，异兽躺着一动不动，他的铠甲暗淡下去了。因为被魔后的能量烧焦了，他看起来已经对档案馆的老鼠都构不成威胁，更不用说是邪帝了。

“站起来，你这个家伙!”邪帝咆哮着。

作为回应，异兽试图站起来，但是伤势很重，他又重重地倒了下去。

“不管怎么说，”邪帝轻声说，“最后一击是你的，我的王后。”

“那么其他的也一样了?”

她的声音不再敬畏和温顺，实际上，听起来简直是傲慢无礼的。邪帝转身发现另一个让他吃惊的事情——露达姬走开了。

“你去哪里?”他要求道，“干掉他!”

邪帝看着她远去，又回头看着异兽。异兽终于带着伤站了起来，身子向后倾斜着，非常非常愤怒。

“但是，我一个人不能击败他。”邪帝发出求救的呼喊。

露达姬笑着：“我明白。”

就在这个时候，当她消失在走廊之间的时候，邪帝终于明白了，她已经显露出来了。她计算得很精确，她的那一击只是让流星锤异兽受伤，但不致命，而让邪帝独自面对疯狂的异兽。为什么?因为这是她控制蜘蛛大军的一种方法，一种更快速的方法，比结婚来得更简单。

邪帝的末日到了。

阴影投射到邪帝的身上，但是他知道这不是流星锤异兽的阴影，这是他自己的厄运的阴影。这个世纪以来，他看到的在别人身上发生的厄运现在降临在他的身上了，当流星锤异兽举起他的大拳头的时候，邪帝疑惑是否他的王后正在扮演着正义的角色，虽然“正义”被她鄙视。

“露达姬……”邪帝虚弱地说，当阴影降临到身上，随着最后的话说出，已经没有什么牵挂和难忘的了。但是在他死去的那一刻，邪帝做了一件他以前从未做过的事情，他用他的轻信交了学费。

露达姬听到了金属撕裂的声音，如她所想，这是战斗结束的信号。她投入地想着，没有发现成百上千的蜘蛛的眼睛正在盯着她，看着她的背叛。

“邪帝死了。”她微笑着说。

她向上看，看到竞技场的顶部，瓦克马正在准备杀死一个自己从前的同伴战士来决定自己的命运，一旦这个动作完成，他就再也不能走回头路了，他不再是魔兽战士，他只属于黑暗。

“邪帝万岁！”露达姬说，发出一声阴险的大笑。

马陶变得非常固执，他既不想投降，也不想掉下去摔死。瓦克马确定他的老朋友要不这样，要不那样。但是他现在已经不关心他会作出怎样的选择了。看到风战士需要一点刺激，瓦克马跨过去伸出手。

“你有点虚弱了，兄弟。”他发出嗞嗞的声音。

马陶疼得有点难受，但是还是忍受着：“你说得对，瓦克马，我现在很虚弱。诺加玛、威诺瓦、奥奈瓦、努祖，我们都一样。”

“那么，你终于看到现实了吧?”

“是的，我猜我看到了。”马陶回答道，“最近，我作了很多错误的决定，瓦克马，这就是为什么你现在能足够勇敢坚强地作决定。我现在理解了。”

“原谅我，我根本就不相信这个，从我身边滚开。”瓦克马说，毫不掩饰他的仇恨，他举起了拳头，咆哮着，“那现在，让我们解决吧。”

“等等!”马陶吼叫着。

瓦克马突然停了下来。但仍然在等待着最后一击：“但是别让我等太久。”

“我只是让你知道，对不起。因为总是怀疑你，你明白，瓦克马，这就是我们为什么这么虚弱的原因，我们没有你。”

瓦克马的眼睛里有一丝被触动的感觉吗？他残存的战士精神冲破他兽性的愤怒了吗？马陶不敢肯定，但是他看到自己的坦诚并且准备继续下去。如果瓦克马想干掉自己，至少也要让他听自己说完。

“我们的战士力量来自我们的团结，瓦克马。”马陶急切地说，“这也就是说，没有我们，你不可能永远强大。不管那些像露达姬的螺丝一样脑袋的魔鬼怎么告诉你的。”

瓦克马的拳头在晃动。马陶的话唤醒了他埋藏在心中的情感，他的内心激烈地斗争着，想起自己为什么和露达姬为伍的原因。看起来合情合理，他确信，但是他还有一个问题，为什么自己那么愤怒，甚至超过了成为魔兽战士带来的转变？为什么能够看到未来的能力却让他失败?

“我最好自己一个人强壮。”他说。即使在自己的耳朵里，这句话听起来也有些空洞。

“我根本就不相信这些，我也不认为你也是这样的。”马陶抬头再次看着瓦克马，“事情起了变化，但是你永远是我的朋友，更重要的是，一些事情让我明白了——”

马陶的眼睛锁定在瓦克马：“你是我们的领袖。瓦克马，你是我的领袖。”

瓦克马的拳头开始向下落，他希望马陶闭嘴从而停止迷惑他。虽然很容易就让马陶的声音消失，一拳，马陶就不复存在。为什么不这样做？为什么他不想这样做？是他的意识出了什么差错？

“你几乎忘记了一个我们要完成的任务。”马陶接着说，“一个战士的责任，一个我们必须合力完成的任务。”

“马特兰人。”瓦克马回答道。难道马陶认为我忘记了？所有我做的，我为了什么而去做的？

不，等等。这不对！瓦克马想，杀掉马陶对帮助马特兰人有什么用呢？我要去解救马特兰人、解救战士。我在这里，打算击打一个在我面前像个萤火虫的家伙。

“我知道你还记得。”马陶微笑着说，“如果你问我，拯救马特兰人或许是我们成为英雄战士的理由，我们的使命，一个超越任何人能够提供给你的使命。”

马他吕呀，他为什么不闭嘴？瓦克马想。这些喋喋不休的话语，他们从来不停止。

“我不问为什么。”魔兽火战士说，他的表情阴郁。

马陶想，可能是自己推进得太严厉太快了。坚持会让一个人不耐烦的。

“你是正确的，你不问为什么。”他对瓦克马说，“我想我只是想让你听到这些，如果这里还有一个我知道的英雄战士瓦克马的话，他会知道如何去做，接下来会发生什么。”

“马陶，不要！”

但是瓦克马的叫喊已经晚了。风战士开始坠落，就要被摔死，好像是瓦克马把他推下去的一样。

在这千钧一发之际，瓦克马知道他必须作出决定了。他能听到露达姬向他承诺的当他背叛他的战士朋友后给他的超越想象的权力，他能听到力刚长老正在说：“我很荣幸能称呼你是我的兄弟，瓦克马战士。”这是那个战士为了美特吕而死之前所说的最后的话。

马陶是对的，瓦克马意识到了——我知道应该怎么做！

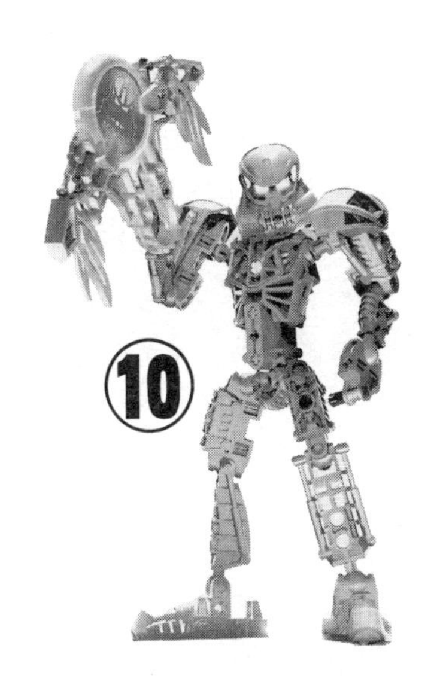

诺加玛、努祖、奥奈瓦和威诺瓦正在穿越曲折的走廊，他们的目标是找到在地下储藏室里昏睡的马特兰人，他们被封锁在银球里了。

“继续前进，”诺加玛催促着，“我们就要到了。”

“马特兰人在另一个密室里。”努祖说。

四个魔兽战士冲进了地下室，经过一对大柱子，到达了储存物品的架子前。他们的周围是一堆马特兰球，他们知道他们已经接近完成他们的任务了。不管面临多少艰难困苦，战士们的心中充满了胜利的感觉。

“我们成功了！”奥奈瓦叫喊着。

但是威诺瓦还没有作好准备加入庆祝的行列。他的不断增加的魔兽敏感让他感觉有点不对劲儿，他感觉到一股气流从外面的出口进来，颤抖了一下，他意识到那不是气流，那是某个东西在呼吸。

柱子开始移动，在他们的面前开始显露出两根巨大的腿。天花板变成一个弯下腰的怪物，渐渐地一个蜘蛛怪物的形象映入眼帘。战士们已经见过这样的精英蜘蛛兽，但还从来没见过这么大的。

“这是个什么玩意儿?”威诺瓦说。

奥奈瓦摇摇头：“我们很快就会感觉到了。”

发出一阵尖厉的咝咝声后，怪物开始发动攻击了。瞬间，战士们从竞技场的墙上飞到场地里，瓦砾像雨一样堆在他们身边，几乎把他们埋葬在一个坑里了。

“为什么这样?”努祖问，有点晕头转向。

诺加玛向上看去，各种各样的蜘蛛正在向他们的坑汇合，战士们被彻底包围了。

“站起来，”她朝同伴叫喊着，“现在。”

他们背对背地站着，战士们已经作好了最坏的打算。

马陶在向竞技场的中间落下的时候听到耳边的风声。刚才的一切像是一场豪赌，但是现在好像正在走向失败。

“真是糟糕。”他喃喃地说，“我竟然愚蠢地认为能快速拯救瓦克马。”

“你做到了，马陶。”

风战士向上看，瓦克马，跟在他的后面落下来，正在向自己伸出手。“瓦克马!”

“是的，”火战士说，“那个你所了解的瓦克马。”

现在他们都在向下落，但是马陶几乎注意不到，有他的兄弟和他在一起，他突然觉得他们能够战胜一切。

“好的，感觉轻松地还了你的人情，兄弟！”他说，“现在没有需要拯救的有缺点的战士了。”

瓦克马微笑着：“是的，我有一个计划。”他抓住马陶。

“太棒了。”马陶回答道，“你有一个计划让我们……”

他的话被下降的突然停止打断了。他疑惑地向上看，看到瓦克马的手中有用蜘蛛网做的绳子正缠在他的脚踝上。它的弹性阻止了他们的跌落，没有把他们变成两半，这让马陶很感激，他不知道接下来要发生什么。

到了弹力的极限，网突然向后收缩，把这两个战士带向观察台。

五个异者在努力解开他们身上的枷锁，他们看到战士正在和蜘蛛大军勇敢地战斗。

他们知道一旦战士们失败，他们这些露达姬的诱饵就没有什么用处了。

“这是没有用的，”水之异者问，“火之异者怎样了？”

没有一个异者能作出回答。突然一个回答从一个料想不到的方向传出来，就在上方！

“看，我在这里！”

异者们通过声音传来的方向发现了他们失散的朋友正坐在能量飞轮上朝他们飞过来。

“火之异者！”异者们叫喊着，太高兴了。

“我就知道你会回来的。”

“是什么让你去了那么久?”

火之异者着陆了，并利用工具割开了五位异者的枷锁：“我的飞行不像原来那样了，我不是个战士了，你们了解的。”

“不完全是。”

“那现在，让我们去帮助那些现在的战士吧。”

异者到达场地中正好遇到蜘蛛们正准备把四个战士置于死地。

“就是这个。”诺加玛说，疲惫的她几乎举不起她的武器，“愿圣灵欢迎我们。”

“介意我们搭把手吗?”火之异者大声叫喊着。

“十二只手。”

“我们正好需要你们呢!”奥奈瓦说。

实际上，他们需要更多的帮助，而不只是异者的帮助。蜘蛛像波浪一样涌来，甚至不断加入新的力量，战士们的堡垒被攻破只是个时间问题。

“火之异者，甚至在你的帮助下。”诺加玛说。

“我知道，尊贵的战士。”异者回答道，“没问题。”

露达姬的声音打破了战斗的嘈杂声：“我非常高兴你们已经平安了，异者。”

魔后骑着一只蜘蛛兽，蜘蛛大军围绕在她身边。如果这些蜘蛛没有热情去追随这个谋杀它们的王的人，它们会坚持自己?

露达姬走下来，看着四个战士：“但是，首先，你们有我需要的。”

“你还想从我们身上得到什么?”诺加玛问。

魔后微笑着："你们的元素能量：地，石，冰，水。火已经属于我了。"然后她的笑突然消失了，"等等，还落下一件。"

马陶重重地在她的面前着陆："是的，那就是我。"

瓦克马紧跟着他，落在魔后的旁边。"谢谢你，瓦克马。"魔后说，"那么那些能量呢?"

马陶让他的飞轮作好了发射准备。努祖、诺加玛、奥奈瓦还有威诺瓦都依次作好了准备。"你想让他们那么糟糕吗?"风战士咆哮着，"开始发射!"

五个飞轮开始向露达姬射去，释放着暴怒的元素能量。

露达姬被击打得蹒跚了一下，但是没有倒下去，而且，她的回应是冷笑。

"好的，"马陶说，"谁发射了让人发痒的飞轮?"

"傻瓜!"魔后咆哮着，"你的能量对于我什么也不是。"她指向瓦克马，他仍然在她身边静静地站着，"如果他们不是联合的话。"

露达姬举起她的爪子，召唤着身体里的黑暗能量："因为瓦克马在我这边。"

"实际上……"火战士说。

露达姬转身看到他正在激活一个火焰飞轮，并直直地瞄向她。

"我想和你说说这些事情。"他说。

一瞬间，魔后显示出了恐慌。随即，她又恢复了平静，挥手指向她的蜘蛛大军："你能击败我，瓦克马，但是不能击败它们。把我击败，它们会摧毁你和你的朋友。想想吧。"

“我已经想过了。”瓦克马回答道，“就像你说服邪帝让蜘蛛大军听我指挥一样！”他转向那些聚集在一起的蜘蛛大军，“走吧，你们自由了，这就是命令。”

瞬间，这个命令引起了疑问。多年来这些蜘蛛大军已经适应了盲目服从它们的邪帝的命令。邪帝领导它们一次又一次地征服其他族类，露达姬成为他的继任者是因为他的死亡。但是它们大多数都看到了魔后如何引诱邪帝走向死亡。因为忠诚，不能背叛，绝对不行。几乎没有看到她指示的方向，大军开始散开，就像魔后放弃邪帝一样。

“叛徒！”魔后在它们身后叫喊着。

“你不能背叛那些你已经奴役的人。”瓦克马说。

“那么我想，你可以成为王。”她冷笑着。

“我只想领导那些愿意跟随我的人。”瓦克马回答道，“这就是作为领导和暴君的区别。一名战士让我知道了这些。另外，我们的使命不是刻在石头上、放在什么地方，它们是必须靠我们自己去寻找的。”

他举起武器在空气中呼啸着：“我已经找到我的使命了。”

所有的事情都发生在一瞬间，在瓦克马的武器击中他的目标之前，魔后撕开了她的胸甲从里面取出了一块黑色的石头。看到这里，火之异者冲上前大叫道：“不，瓦克马，不要！”

但是一切太晚了。瓦克马的武器用最短的时间击中了魔后。里面融合了她已经吸收的能量，引起了一系列的连锁反应，发生了巨大的爆炸，光亮让在场的人都看不到他们两个了。当火光消退后，魔后不见了，留下的石头碎片证明她已经溜走了。

“瓦克马，你根本就不知道你刚才做了什么!”火之异者说。

“她的心石。”瓦克马回答道。

是的，是囚禁马古他的能量原的材料。破坏了它，就打破了封条。

“把马古他释放出来了?”瓦克马推测道。他看着他的兄弟姐妹，他们又一次安全地团结在一起了。

“因为某些原因，我对他再也不害怕了。”

瓦克马被身后的撞击声吸引过去，看到流星锤异兽来了。魔兽战士聚集在异兽的身边。

“你什么也不欠我的，奇唐古，特别是你已经做的，”瓦克马说，“但是我的职责需要我问一句，你能把我们变回去吗?”

异兽用自己的语言回答着。火之异者翻译：“他想知道你们为什么想这么做，既然你们已经和内心的兽性和平相处了，你或许更适应这种状态。”

“这是一个誓言，我们必须保持我们原来的样子。”瓦克马回答道。

“那么好吧。”奇唐古说。瓦克马举起拳头，其他战士也举起拳头与他的拳头连接上，六个人再一次凑成一个圈。

“来吧，大个子。”马陶对异兽说，“来，碰一下。”

异兽发动了他超级无敌的能量，释放了能量波，湮没了魔兽战士们。异者在一旁观看，静静地恳求圣灵让一切再回归原样。

通往“存放”马特兰人的地窖之门再次打开，不过这一次是美特吕战士，而不是魔兽战士。

“醒来吧，我的朋友们。”瓦克马说，看着四周的银球，“我们要回家了。”

战士、异者还有流星锤异兽花了好长时间才把这些银色的球从地窖里搬出来。然后把它们装上了汽船，这是战士们在作为魔兽战士的时候建造的。

“漂亮的船。”马陶评论道。仔细看着自己的手工艺品。

“这次可别把它们撞坏。”奥奈瓦微笑着回答。

附近，瓦克马和火之异者站在一起。瓦克马深情地看着他的城市，知道或许要好多年后才能再次看到。“我想，就是这样了。”他说。

“不，瓦克马。”火之异者说，“这只是一次新的开始。”

“什么?”

火之异者笑着说：“我不想破坏你的……”

“好吧，不管怎么样，还是谢谢你。”

“不客气，瓦克马。”异者回答道，“但是我应该谢谢你。”

“我不明白。”

火之异者大笑着：“你知道，不是每天都能看到传奇上演的呀。”

火战士朝流星锤异兽点点头：“对，他可是不容易见到的。”

“是的。”异者回答道，“但是我不是在说他。”

好长时间异者没有说话。异者是对的，从今以后，他们所经历的将会载入史册。“伟大的营救。”瓦克马说。

“很有趣。”异者说，“你花费毕生的时间去找寻什么东西，最终才发现追求是重要的。这个改变了你，你将会永远地与众不同。”

瓦克马点点头：“我想我也已经改变了。”

火之异者把手放在瓦克马的肩膀上：“这样做时，我们异者得到了解脱，我们知道这个新的世界和马特兰人都在最适合的人的领导下，这就是说，我将最后一次用这个动作了。”

火之异者说完后，伸出拳头向战士敬礼：“这代表感谢，我喜欢这样。”

“我也是。”瓦克马说着，和异者的拳头碰在一起。

汽船开始朝着海洋的方向前进，自从马古他制造的地震过后，海口的宽度增加了不少。瓦克马相信还有其他的通道通往地上。为了改变一下，这一次没有人和他争论。

乘坐着领航的汽船，诺加玛、瓦克马以及其他战士俯瞰着城市。

“你会想念它吗？”诺加玛问。

瓦克马向下看到异者和流星锤异兽正在竞技场的观察台上，眼睛跟随着船缓缓移动的方向。“有一点儿。”他回答道。

当他们接近入海口的时候，奥奈瓦指着下面的礁石，惊慌地说：“马古他，不见了！”

瓦克马也看到了，能量牢笼已经成为碎片，黑暗之王已经消失了。“不会太久。”他说，“我想我们很快就会再见面的。”

“那时我们怎么办?”

“我们会找到击败他的办法。”瓦克马说，驾驶着汽船驶向海中。

“因为，这就是我们战士的职责。”

尾　声

“因为这是战士的使命。”

随着最后的一句话，瓦克马长老的故事讲完了。他顺畅地把阿玛迦圈里面的石头取了出来。塔虎努瓦特别看了看他是如何处理那块代表马古他的黑色石头的，那块唯一幸存的能量牢房的碎片。

“我是正确的。”长老说，“马古他会跟随我们到这里的。威胁会投射到我们新的世界，会让我们的新家园陷入永久的黑暗。”

贾勒仍旧沉浸在故事里，几乎不能控制自己：“那么……”

瓦克马笑着说：“我想你已经知道这个故事了，贾勒。好吧，一天之中讲述的老故事已经足够了。”

长老站起身就走，后边跟随着努瓦战士和光战士、贾勒还有哈莉。

“我们要去哪里？”水村的历史记录员哈莉问道。

“去创造新的传说。”美特吕的英雄回答道。

时间陷阱

引 言

瓦克马长老站在一只正在驶向美特吕的汽船船头，他的身边聚集了急切的马特兰人。他们正在披荆斩棘地前进，作为原来的居民重返传奇之城。

这是一个漫长而艰辛的旅程，一千年以前，美特吕战士成功地解救了在废墟中的马特兰人，为了唤醒这些马特兰人，他们牺牲了自己的能量变成了长老，然后在马他吕岛重建了一个新的世界。在那里，他们遭受了异兽的攻击，还有马古他——这个渴望完全掌控整个马特兰人的恶魔——释放的其他灾难。

很多年后，六位战士降临并击败了马古他的奴仆，让人民重获信心。归功于他们以及光战士的努力，美特吕被重新发现。最终，马特兰人踏上回家的路。

瓦克马由于花费了许多夜晚给努瓦战士们讲故事，变得身心疲惫。这些故事有的是激发英雄主义战胜巨大困难的，有的是充满恐惧和遗憾的传奇。现在这些英雄们被事实武装起来加入到与马特兰人一起回家的旅程中。

看着美特吕的天际，虽然城市依然像过去那样毁坏严重，但是带给瓦克马的是快乐还有信念。可其中又掺杂了其他情绪，一种很复杂的情绪。在这里有一些记忆是其他长老所不知道的。这里还发生了一个传奇故事，是瓦克马从来没有告诉他的朋友和努瓦战士的。

当船接近海岸的时候，瓦克马闭上了眼睛，回想起有那么一天，他和他的朋友们远离了他们的城市……

马陶狠狠地瞪着瓦克马，他们两个几乎是面罩顶着面罩。马陶直直地看着他的朋友仿佛像是在看一个先前没有见过的异兽一样。过了一会儿，马陶停下来开始绕着火战士转圈，一边转圈一边自己咕哝着什么。

“你在干什么?”瓦克马忍不住问道。

“我知道你早晚有一天会发疯的。”马陶回答道，“不是因为成为魔兽战士，而是因为自己的疯狂。我想记住那个场景。”

要是在平时，瓦克马准会愤怒地对马陶的笑话作出反应，但是最近，他深深地认识到允许黑暗的情绪控制自己会发生什么后果。

于是，他安静地说："我没有疯，我想回到美特吕。你们带马特兰人到岛上，我随后就与你们会合。"

在他们的汽船的控制室内，奥奈瓦坐着摇头。他们已经成功地结束了和万毒蜘蛛的可怕战斗，逃离了那座城市。在他们的无敌的船队里有一千个马特兰人，他们被困在银球里昏睡着，把他们带出美特吕简直是一个奇迹。天知道他们付出了多少努力去解救全部的马特兰人，而现在瓦克马居然要回去！

"过去的事情告诉我，最好不要和你争论。"奥奈瓦抬起头说，"但是你介意告诉我们为什么吗？你在那里留下了光照石还是什么玩意儿？还是落下了你最喜欢的飞盘?"

瓦克马从飞船的座舱看着下方那个黑暗城市和环绕着它的银海："某个比这些更重要的东西。因为所有我们经历的一切，我对它被我们忽略一点也不感到吃惊，我不得不想起我很容易忘掉了的时间面罩。"

这个词突然让对话陷入了停顿。所有的战士都想起来当时瓦克马如何制造时间面罩，拥有这个面罩就可以让一个目标减速或者加速。为使让这个面罩不落入马古他的手中几乎耗掉了瓦克马一生的时间，并且导致了力刚长老的死亡。在那场战斗中，时间面罩掉进了大海。

"它仍然在它掉下去的地方。"瓦克马说，"如果落入马古他的手中，我们现在所做的，还有我们对新生活的希望，都会化为泡影。我必须去找到它。"

“我们一起去。”诺加玛说，“如果这确实很重要的话……”

瓦克马摇了摇头：“你必须保证马特兰人的安全。如果我错了，马古他已经忘记了这个面罩，他会跟着我们；如果我是对的，至少我能拖延时间让你们逃跑，或者直接毁掉这个面罩。我不是在要求我的战士朋友去接受我的看法，诺加玛，我只是想让我的兄弟姐妹们了解这一切。”

瓦克马完成了一次完美的跳水，把水击打得很清澈。过了一会儿，他浮上水面换气。在下面，他看到汽船正在缓慢地前进。

好的，他想，我知道我应该相信奥奈瓦，他会让汽船顺利到达美特吕并保证马特兰人的安全。如果够幸运，我还不会被落下太远。

他转身开始往大海关游去，在那个露出水面的岩石边的水下，他知道他能找到时间面罩。

希望马古他还没有找到，他严肃地想，但是如果他找到，一切都已经太晚了。

在汽船上一个有利的位置，诺加玛和马陶还有努祖看着他们的朋友开始了他的旅程。“马他吕，保佑他平安吧。”水战士轻轻地说。

“他会的，姐姐，”马陶回答道，“马他吕喜欢这样始终勇敢的傻子，这就是为什么他领导我们的原因。”

努祖瞥了一眼风战士，发出了一系列复杂的咔嗒声和口哨声，不时地打着手势。

“这是什么意思?”马陶问，带着疑惑，“我真的不理解。”

“他是在说我们离开美特吕。”诺加玛说，“这是一种飞行异兽的语言，或者接近这种语言。冰战士显然想决定是否要我们和他进行对话，而我们不得不和他对话。”

“但是这样的对话值得吗?”风战士问。

努祖做出在空气中猛砍的动作，接下来就是两声尖厉的口哨声。

“我想，我已经被侮辱了。”马陶说，“我不怕他再这样说，但是这样的话我是听不懂的。”

诺加玛笑笑。过了一会儿，马陶加入进来，甚至努祖也发出笑声。在危险和重压下，战士们最终成为一个团队。现在，他们只是需要瓦克马回来能让这个团队更完整。

当心点，火战士。诺加玛想，我没有你能看到未来的能力，但是我感觉到一些可怕的事情在等待着你。别让我再也见不到你了。

瓦克马深呼吸了一下然后又一次深入水下，他已经意识到必须拓宽自己的搜寻范围了。因为海浪很容易就会把时间面罩从它坠落的地方带到很远。

一条塔卡鲨注意到水下有新的东西出现就想过来凑热闹，瓦克马也同时发现了这个食肉动物。他不假思索地发出一股热的能量流，足以吓跑这条小鲨鱼而不会给它带来任何伤害。

火战士仔细搜寻着海底，寻找着金黄色的时间面罩。遍布岩石的海底充满了废弃物，异兽的尸体、马特兰船的碎片、许多年前沉没海底的货物。突然，他发现在这些碎片中有闪光的东西，但是他随即发现那只是一个老的飞盘发射器。

他的肺开始不舒服了，他在想这是不是一次徒劳的搜索。时间面罩或许被冲到海洋的某个地方，被某个异兽获得了，或者是陷入淤泥，用肉眼根本看不见了。最好就是它永远地消失了。

或者比这个更好的是，瓦克马想，没有任何人，包括战士，应该控制这样的能量。时间是宇宙中基础的能量，时间面罩是用来改变它的，甚至圣灵都没有这个胆量去这样做。

瓦克马决定放弃这次搜索，转身浮向水面。这时，他看到水波涌动，于是改变方向开始近距离地观察。

他看到的情景让他难以置信：在一个小区域里，自然的规则变得很荒唐了，植物正在以惊人的速度长着，然后在眼前死亡。异兽游到眼前就死了。所有生物的进程似乎很怪异，都加快了，影响似乎是以波浪的形式传送的，在不远的地方。

瓦克马小心地躲避开它的影响，游近了那个位置，现在能够清楚地看到奇异变化的根源了。时间面罩正插在一块岩石的下面，它的边上开了一个小口子。它的颜色也由金黄色变成了模糊的橙色。因为长时间暴露在海水里的缘故，时间被扭曲了，像热浪从融化的能量原池子里一样散发出来。

疼痛的肺部提醒他必须浮上水面了。他射向水面，然而心中的面罩制造者的角色让他心中打鼓。

这样一点用都没有，他对自己说。如果面罩坏了，应该什么作用都不起，即使是最小的瑕疵在面罩上，但是，它正发出我从来没有见过的能量。如果它承受更大的损坏呢?

瓦克马迅速地吸了一口气，然后又潜水。心中有了一个计划：事情摆在眼前，没有办法让面罩复原，他只有冒险在水下修复这个面罩了。

他在尽可能接近的安全距离开始计算时间，在时间波浪起作用之前，他只有很短的时间做这件事。他控制得必须精确，不然事情会非常危急。

集中精神，他发射出一束细小的火苗，击中了碎点的底部，让损坏的两边焊接起来了。这是他做得最快的工作，但是瓦克马感觉仿佛一年过去了一般。

这样这个面罩就修复好了，他轻松地得到了这个面罩。

他猛地跳起来，浮向水面，去那个岛还有很长的一段路要走，因为唯一知道的水路封闭了，他不得不从陆地的通道走。幸运的是，骚扰他们的异兽已经离开地面了。

他正在计算着最快和最安全的路线，忽然发现水中有异样，他俯下身子去看，发现一股海底的龙卷风已在他身下形成，正在飞速向他袭来。知道不可能躲闪得很远，瓦克马作出了唯一的选择。

只有些许迟疑，他把时间面罩放在自己的面罩上，如果能够聚集意念的力量，他就能让时间变缓慢以便自己有充足的时间逃离。他转身对着波浪的方向，波浪又加速了。瓦克马竭力控制情绪，集中精神在面罩上。但是已经太晚了，水流像一组传动器一样要把他撕碎，带着他从水中直接冲向海关关口。

绝望中，瓦克马蜷曲身体去吸收这个撞击，他撞进了岩石的墙并开始向水中滑去。他有点头昏，只是下意识地伸出手抓住石头的边缘，视线模糊不清，力量快速变小，他试图把自己拉起来。

那个地方有什么人在，是个巨大的人影，散发着能量，但是不认识。他起初认为是马古他发现他了，但是这个家伙的气息有点不一样？他竭力集中眼神，却只感觉在撞击下，海关关口一片荒芜。

“帮帮我！”他说。

那个人物站在他面前，不知道应该怎么做。然后，他伸出手拿走了瓦克马的时间面罩。一旦他拥有了这个强大的时间面罩，他就不再对火战士感兴趣了。他开始攀登海关关口。

“等等！”瓦克马虚弱地大叫着，但是那个人物没有再回头。

火战士没有时间去担忧这个了，世界迅速地变成一片漆黑，他的手滑落了下去。瓦克马滑向大海，他沉下水面，深深地陷落，不会再升起来了。

2

在远离美特吕的地方，有个马特兰人从来没有见过的地方。一个人坐着、沉思着，他的真实姓名已经有两千多年没有被人提到了，甚至怀疑是否有人还记得他。如果他们记得，他们就会像过去一样熟悉他，那些敢于对付他的人把他叫做暗影天尊。

在他门外的走廊上，奴仆们尽可能安静地匆匆来回走动，用最小的声响行事以免打扰他的冥想。甚至在塔下进行训练的黑暗猎手也紧张地保持安静。

所有见过暗影天尊的都知道那是一个特别糟糕的日子，而不敢去冒他愤怒的风险。原因很明了，不久之前，他派遣了两个黑暗猎手——尼德希奇和卡瑞卡，在马古他的要求下去了美特吕，却没有一个回来。马古他也没有了消息。他确信这两个猎手已经死了。

他不会为他们流泪。尼德希奇是一个叛徒，几个世纪之前他试图背叛美特吕然后在他失败之后便逃走了。卡瑞卡是个白痴，唯一值得利用的就是他发达的肌肉和他幼稚的忠诚。不，失去这两个人不是问题所在，触怒他的是：什么人竟敢伤害黑暗猎手！

好几个世纪以来，从这个规则制定以来，就一直没有改变过。黑暗猎手可以接受任何雇主的任务如果报酬足够充足。不管这个任务对他们自己或是别人有多大风险，没有好的理由雇佣黑暗猎手或者在任务完成后拒绝付报酬将会很快受到惩罚。杀死一个黑暗猎手会让冒犯者付出惨重的代价。现在居然不是一个，而是两个，某些人让他们消失了。

暗影天尊轻轻拍着在宝座上方的一块水晶，作为回应，一个黑暗的、扭曲的生物——他的记录者——爬进了他的屋子，然后在他身边找到了位置。这就是几个世纪以来记录者的工作，记录天尊的智慧，同时也在记录黑暗猎手的成绩。

"我已经仔细考虑了，"天尊开始说话了，"我已经决定了，两个猎手的事不能就这样算了，那些该负责的人应该被击倒，作为一个例子，好让别人好好想想。"

"你已经发现了谁是冒犯者了吗？"记录者问。他在一块石板上奋力记录着天尊的想法。

天尊点点头："只有一群生物才会做出这么愚蠢的事来——战士，我不知道是力刚还是其他人做了这件事。但不管是谁，他们都要偿还。森塔克和我将会到那里看个究竟。”

记录者停了下来，吃惊地问：“你亲自去？而不是派更多的黑暗猎手去？”

“那些做这些事情的家伙已经明显地对这个规则不害怕了，”暗影天尊回答道，“尊敬来源于恐惧，顺从也一样。这个恐惧必须要保留在那些要反对我们的人的心中。”

“是的，是的，当然，”记录者说，如果他不是充分信任这个计划，他是不会准备承认的，“毕竟，哪个战士能够对抗你？你的能量只是比伟大的马古他稍微逊色一点。”

话一出口，记录者就意识到自己说错了。慢慢地，他开始退出房间，根本不敢看天尊射来的喷着怒火的目光。

“稍逊？”黑暗猎手的领袖发出嘘声，从宝座上弹起来抓住记录者的脖子，“记住，你这个抄写员，我不比任何人逊色，至少在计谋以及自信上。”

记录者会为自己的错误充分地道歉要不是不能呼吸的话。庆幸的是，暗影天尊觉得他根本就不值得被处死，只是把他从台阶上扔了出去。刺耳的撞击声几乎比得上任何一次。

“从我面前消失。”暗影天尊命令道，“告诉森塔克，我们马上出发。”

记录者匆匆地离开了屋子。他走后，暗影天尊走向宝座开始想起美特吕来。很久以前，这个城市是根扎手的刺，或许，该让那些战士们在绝望中投降，是时候去清除掉这根刺了。

暗影天尊沿着曲折的石梯下来，进到训练室内，没有人在这个时候被安排用这个房间的。但是从下面发出的格斗声音听得出来某个人正在里面，很明显，正是他要找的那个黑暗猎手。

暗影天尊在门外停了下来，拉瑞斯卡在那里，优雅而又敏捷地移动着，她的转身和跳跃像只豹子。她向一块木头靶子投了两把匕首，没有任何喘息，她做了一个翻滚，然后向一个马卡投出匕首，直接击中了双眼之间。

“我想，你可能更喜欢练习活的靶子。”暗影天尊评价道。

拉瑞斯卡收起匕首，开始另一项日常训练，根本就没有看来访者：“是的，把他们全干掉，他们都堆在外面呢。”她做了一个空翻然后切掉了一个假人的头，“最好在他们开始察觉的时候就有所行动。”她说着然后落地。

“你会比我预料的要早点回来。”暗影天尊说，“不能完成这个任务吗?”

她尖厉地笑着：“你比我更了解。”她从高处跳起来，在空中做了一系列复杂的花样体操动作，然后完美地降落在她的头儿面前。暗影天尊有点为她的流畅的技巧感到吃惊。认为她的左手已经彻底机械化了。

“报告!”她说，毫不掩饰语气中的嘲讽。

“战士?”

“死了。”

“长老?”

“逃跑了。”

“报酬呢?”

“在地下室。”

“就是这些吗?”暗影天尊有针对性地问道。

拉瑞斯卡看着自己的机械手臂，然后背对着黑暗猎手的统治者：“就这么多了。我很好地记住了我的教训，特别是让我痛苦的教训。”

暗影天尊微笑着：“我很难相信你能那么快地杀死一个训练有素的战士。告诉我这个故事吧。”

拉瑞斯卡耸耸肩，已经不耐烦了。她喜欢一直移动着，站着说话对她就是折磨。这就是暗影天尊要她做的。“在日常的训练中，我用两周的时间来搜寻他，他是一个有引力的战士。他对攻击的标准反应就是先躲开第一击然后消除对手周围的引力，让他们飞向前方。我尝试用漂浮飞盘在零重力的情况下发起攻击，因此当他消除重力的时候，我已经作好准备了。”

她的嘴角浮现出阴险的笑容：“而他对我的准备没有作好准备。”

“我准备短时期离开岛屿，”暗影天尊突然说，最好不要让黑暗猎手生活在成功里，这会让他们骄傲，这是危险的，“我不在的时候，你负责一切。”

拉瑞斯卡不能忍受这个静止的状态了，她做了一个后空翻，然后做了几个投掷匕首的假动作。暗影天尊发现刀锋有涂上绿色的痕迹，这表明她已经开始使用毒药了。

“为什么是我?”她问。

“因为其他的黑暗猎手惧怕你。”他回答道，“而你惧怕我。”

拉瑞斯卡突然向他的方向投掷了一把匕首："我?"

暗影天尊喷发出模糊的情绪，他拽住一把留在桌子上的匕首投射出去，把她的匕首击飞了："如果你聪明的话，"他说，"那么就是你了。"

"你去哪里?"

"这不关你的事。"

"你什么时候回来?"

"我到时候就回来。在我返回前的这段时间，你只接受报酬高的任务。让记录者保留所有的安排记录。崔格斯只带回来两片装备而合同写的是三片。对他的住所和藏身的地方进行搜查，然后给他的行为一个教训。"

"什么课程?"拉瑞斯卡问道，已经开始展望面对可怜的崔格斯了。

"我希望他能自己走路。"暗影天尊回答道，"但是如果没有疼痛就不能呼吸，噢，六周吧，足够了。"

"手呢?"

"原封不动。"他说，"我想今年已经有足够的手被修理掉了。"

他开始走，然后停下来："告诉我，如果我刚才恰恰在你背后，是否我马上就会发现一把匕首在我背上?"

她摇摇头："不会。"

"那么，在面前呢?"

"这是一个游戏。"她回答道，微笑着，"我了解你，你才不会背对着任何人，除非你的保镖在暗处作好准备把敌人砍倒。因此，不会的。但是我会干掉你的，暗影天尊。你会看到那一天的到来，我想让你看到。"

暗影天尊转身走开了，他确信在他离开的这段时间里，他把黑暗猎手交到了一个残忍的家伙手里。

瓦克马睁开了眼睛，他发现的第一件事是自己已经不在水下了。实际上，他躺在一张舒服的睡床上，看着有点熟悉的石头天花板。

第二件事是他注意到作为战士居然撞到海关出口，他感到伟大，他的肌肉不再疼了。他的肺部也开始好转起来，虽然差点淹死。然而，还是感觉有些不对劲，虽然承认战士有很强的力量和恢复能力，但是他感觉太好了，好像那个水下风暴还有撞击石头从来没有发生过一样。

他坐起来，突然每件事情都变得有意义了，虽然什么事情也没有做。他发现他的战士铠甲没有了，他的腿、胳膊还有躯体都变短了。

瓦克马立刻晕掉了。究竟发生了什么？什么时候？这是不可能的，我又一次成为村民了！

现在他终于知道自己在哪里了，这是在火村的家里。他知道在马古他夺取美特吕的权力的时候这个地方已经被毁坏。他在这个地方生活了无数年，起初是做武器的，后来就制作面罩。他的车间就在附近，只要经过塔库的房子就到了。他下意识地去想塔库最近在干什么。

“不，不，不，不!”瓦克马大叫着，塔库不在，他和其他的马特兰人在一起睡在银球里，正在去往那个岛屿，“我的家没有了，我的村子起火了、冒烟了，变成瓦砾了，我，我是个战士!”

“你在叫什么?”

瓦克马抬头看到贾勒正在门口敲打着他的面罩。他看上去情况一点也不坏，因为戴着马特兰人的面罩，曾经被瓦奇绑架被强迫睡眠。一瞬间，他忘记了这是不可能的情形，只感到一阵高兴看到他的老朋友。

“贾勒，是你吗？”

“当然是我，飞盘之王。难道是别人吗？你最好马上起床，要不就耽误工作了。”

“工作？”瓦克马重复了一遍，好像从未听说过这个词语一样。

“是的，工作。”贾勒回答道，开始有点恼火了，“你不知道你每天做的事情了吗？就是那些塔库明显不爱干的事情。干活去，如果你不及时到那里，瓦奇会给你一次难忘的叫醒服务。”

瓦克马从床上跳起来：“你是说正在修理基地吗？还是锻造车间？什么时候？怎么做？”

“他们什么时候停下来过？”贾勒问道，“嘿，你还行吗？你看起来像是某个人踩到了你最喜欢的熔岩鳗。你是被瓦奇的昏迷枪击中了吗？”

“不，我不这样想。”瓦克马安静地说，“但是我今天不舒服，或许我不应该去干活。”

贾勒耸耸肩膀：“如果你想凭侥幸逃避工作，随便。但是如果杜马长老希望我监督你完成时间面罩，我希望在你的车间里巡视一下。”

瓦克马几乎要摔倒。杜马长老？时间面罩？这个需要时间面罩的杜马长老是不是马古他伪装的？就为了得到这个面罩？

他在房间里四处张望，这里没有时间面罩的影子。

然后他记起那个丑陋的凶残的家伙，在他抓住石头边缘的时候夺走了时间面罩。至少。他认为他记得这些，如果他的记忆是正确的话，美特吕正处于危险之中。

“战士！”他对贾勒吼叫着，“他们在哪里？”

“就在他们原来的地方呀。”这个马特兰人回答道，然后从门的边缘走出去，“他们在竞技场和杜马长老还有力刚战士在一起。火战士正在讨论击败莫布扎克的方法。”

“但是，我是……”瓦克马及时地把话又吞了回去。整个世界疯狂了，贾勒根本就没有意识到。他坚信自己是战士，他的朋友一定是疯了。然而，他还有一个重要的问题不得不问。

“贾勒，谁是火战士？”

“你的火焰太少了，瓦克马。每个人都知道火战士是谁！”贾勒回答道，“那就是战士努伊。

一瞬间，那么多令人震惊的“真相”让瓦克马快要崩溃了。他只是个徒有虚名的战士！他已经稳定了情绪战胜了恐惧，他已经在和万毒蜘蛛作战的时候正视了自己内心最黑暗的部分，并且显露了刚强。

我是怎么了？这一切都是真的吗？我是真的战士吗，或者我只是在做梦？

没有别的事情了。他拿起他的面罩制造工具以及一块石板开始在石头上写下一串文字：

1. 莫布扎克还活着呢。据我所知，它已经被伟大飞盘摧毁了。

2. 力刚是个长老，但那是当他把诺加玛、努祖、奥奈瓦、马陶、威诺瓦和我转化成美特吕战士之后。并且他已经在和马古他的战斗中死了。

3. 这个城市没有什么损坏，也没有地震，瓦奇军依然在执法，马特兰人依然在做工。

4. 杜马长老在管理这个城市，他是真正的杜马长老还是马古他假扮的？

5. 努伊是火战士。

最后一条是他最难以接受的。在与万毒蜘蛛的战斗中，瓦克马和其他战士已经发现有证据表明他们六个注定要成为战士了。马古他巧妙地影响了力刚战士，让他选择了我们这个团队作为美特吕战士。但是他这样做，已经违反了预言以及马他吕的意愿。这或许能够解释接下来发生的一系列灾难。不止一次，瓦克马疑惑如果力刚作出了正确的选择，这些事件是否能够避免。

很明显，他是正确的，瓦克马想。毕竟，所有的事情发生在力刚战士把我们变成美特吕战士之前。是什么让这一切发生？是时间面罩？但是传说中的时间面罩不可能做出这样的事情。

当然，这里有另外的原因，是瓦克马不愿意想起的：一切都没有消除和重新安排他的所有作为美特吕战士的经验只不过是个妄想。每件事，马古他对马特兰人的背叛、抓捕他们、万毒蜘蛛、魔兽战士，也许只是过度劳累产生的幻觉，它们从来没有发生过。

瓦克马摇摇头，不，我接受这一切。这是真的，我知道这是真的。我知道马特兰人能够帮助我证明这一切。

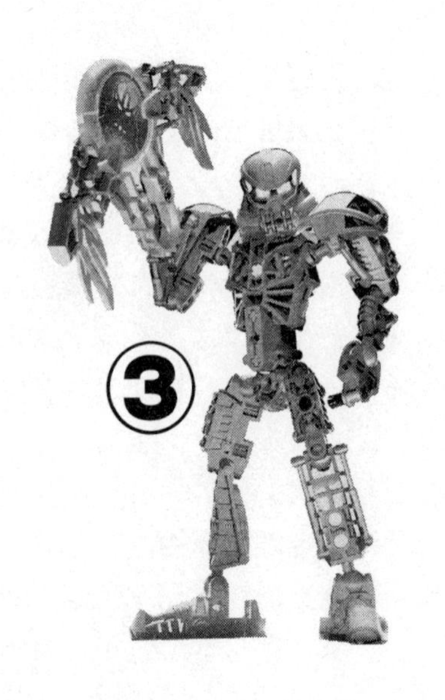

居住在美特吕城市其他地方的马特兰人很少到冰村去，不全是因为冰村人的不友好，更多的是覆盖这个地区的压倒一切的日日夜夜的安静。塔库有一次说过，一旦他穿越冰村他的说话都变成了低语，虽然他不知道这是什么原因。

瓦克马最后一次到这里的时候，美特吕城已经成为废墟除了异兽。知识塔还矗立着，但是已经被地震严重毁坏了。至少，这是瓦克马最后的记忆。但是现在好像什么也没有发生过一样。冰村街道上满是马特兰人，知识塔傲然挺立着，甚至管道交通也很准时。在正常的情况下，看到美特吕的再一次完好无损有梦想成真的感觉，但是今天，却感觉更像是场噩梦。

瓦克马沉浸在思考里，他差点走进一个冰雕里。他抬头看到一个战士的身影，戴着一个幻觉面罩，在底座上刻着他的名字：埃瑞战士。

当然，瓦克马想，如果力刚没有选择努祖，他当然是冰战士。越来越多的证据说明要么是我疯了，要么是世界疯了，我猜是世界疯了。

在一个安静的街道上，他发现努祖在知识塔里正在作为一个工人工作着。在前面门里的学者因为某些原因而坚持不让他进入更高的级别，最后只是在努祖的提示下带来了一个望远镜。

他们非常激动于观察好的角度，以至于不去检查这个部件。

努祖，现在也是一个马特兰人了，正在努力地工作着，搜寻着天空寻找表达马特兰人意愿的天文学依据。甚至在瓦克马进来之后他都没有转身。

“不管怎样，走开。”努祖说，“如果你不能离开，我就会和你一起回去，退出很困难，但是你是怎么来到这里的?”

“努祖，我需要和你谈谈。”

这个冰村的马特兰人瞥了这个来访者一眼，他的面罩的接目镜伸长并且压缩了，当他凑近看对方的时候：“你是瓦克马？是吗？那个在我的面罩里加了望远功能镜片的?”

“对，”瓦克马回答道，“我需要你的帮助，是关于时间面罩的。”

这引起了努祖的充分注意：“你做完了？在哪里?”

“我没有带来。我想知道传说里是否有关于它的能量的描述。”

努祖挥舞着他的胳膊：“传说！万物都有传说，瓦克马，我想所有的马特兰人整日工作就是传奇，独有的。”

“努祖，我觉得这个城市里的很多事情都错误了。”瓦克马说。

“我知道，我们正在遭受疯狂的莫布扎克的攻击。”努祖嘲讽地说，“不就是这些吗？”

“不，我是说事情不是在按照原来的方式进行。你应该是个战士！”

努祖瞪了瓦克马一会儿，然后陷入沉默。然后他开始大笑。这个噪声听起来很让人奇怪，因为冰村人总是安静的。

“我，是战士？不是因为冰村的纯能量原吧。”努祖说着，背对着瓦克马，“好吧，你别开玩笑了。你可以走了。”

瓦克马快速向前迈了三步，抓住了努祖，然后摇晃着他：“我不是在开玩笑，世界都错位了。知识塔已经毁坏了，能量植物早就被击败了，档案馆门户大开异兽都跑出来了，我都看到了，你也一样，难道你忘记了？”

努祖缓缓地点点头：“当然，瓦克马。不管怎么说，你认为时间面罩和这个有关系吗？好吧，我能给你提供更多的帮助如果我能够检查那个面罩的话。在哪个地方你能找到它？”

“不，我……”瓦克马话说到一半突然停了下来，瞬间，这个房子变化了，墙壁突然出现了巨大的裂纹，冰蝙蝠在天花板上筑巢了，努祖根本不在，实际上，瓦克马是一个人站着，作为一个战士。

瞬间像刚才的变化一样，房子又变回去了，变成了整洁的、平常的、冰村的观察者的工作室。努祖正在瓦克马的面罩前招手。

“你好？”冰村的马特兰人问，“你在这里吗？我不认为时间面罩是个问题，我认为你的面罩太紧了。过来让我看看你的面罩，看看我能发现什么。”

瓦克马想解释他没有那个面罩，时间面罩已经被某人抢走了，但是他想最好想想再说。某些感觉告诉他或许最好没有任何人知道这件事，至少，在瓦克马还没有弄明白美特吕发生了什么事情之前。

既然这样，他就不会对努祖说什么了。知识塔的观察窗突然被一群瓦奇击碎，它们蜂拥进来，站在努祖的面前，昏迷枪已经作好发射的准备了。

“不!”努祖大叫着，“我正在工作，他打扰了我。看，我正在中间。”

瓦奇的枪发射了，它们的昏迷作用很快就奏效了，努祖先很快就失去了意识。

他肯定不是唯一的一个，瓦克马严肃地想。当他跑出这房子的时候。

瓦克马搭乘管道去了水村，就像城市的其他地点一样，这里看起来非常正常。学者和教师前前后后地在学校和学校之间穿梭，她们绝大多数都如此埋头于她们的笔记，即使她们走进老虎的嘴巴也不知道。

他停下来，看到诺加玛在和一个蓝色的战士说话，当他凑近一看，他看出那是英雄维索拉，诺加玛的老朋友，现在是水战士，她正在给诺加玛上严厉的一课。

“你最好明白，”维索拉说，“所有的探索和试验都必须经过战士的允许，这是法律。如果我向瓦奇汇报的话……”

“我知道，维索拉战士，”诺加玛静静地说，“谢谢你没有通知瓦奇。维索拉，我不会再那样做了。”

“我就知道你不敢了。”维索拉看到瓦克马走过来便厉声叫道，“你来干什么，火村的马特兰人?”

“哦，只是随便走走。”瓦克马回答道，向上看着她戴着的意念控制面罩，“我要去附近的一个学校送一个东西。”

维索拉点点头。虽然她看起来有点不太相信：“好吧，我不想浪费时间和一个马特兰人废话。诺加玛，记住我说的。”

战士跳进一条运河游走了。瓦克马看着她游走，当他转身的时候，诺加玛正匆匆地从他身边走开，他不得不跟在她后面。

“你去哪里?”

“回去工作，瓦克马。”她说，根本就不看他，“我属于这里，我还有课，还有……”她的话被打断了。

瓦克马把手放在她的肩膀上：“怎么了，诺加玛，发生什么事情了?”

“噢，只是，只是我自己的错误，”她说，“我正在拿能量原做试验，试图发现它有能量的秘密，但是没有得到维索拉战士的允许。你知道，每项研究都要得到战士或者杜马长老的允许。”

“噢，为什么?”瓦克马回答道，“告诉我，为什么要通过这样一条规定?”

她看着瓦克马好像他长了两个脑袋似的：“为什么？为了不让我们成为战士。当维索拉和其他人运用战士石成为战士后，他们让杜马长老确信六个战士对于一个城市已经足够了。因为还有其他方式成为战士，他们禁止所有的试验以确保没有任何人能够发现那些方式。”

“疯了!”瓦克马咆哮着，当他看到一个水村马特兰人看着他，他压低了声音，“成为战士是使命，你们不能禁止使命。”

诺加玛耸耸肩：“就拿战士来说吧，我的朋友奥奈瓦偶然在地村发现了一个从未发现的洞穴，阿克茂就把他抓住了，然后带到了瓦奇那里。从此奥奈瓦就不一样了，他回家后在每个黑暗的地方跳着工作。”

“杜马长老，真正的杜马长老才不会支持这样做呢。”瓦克马说。

“你说什么，真的杜马长老？只有一个长老，你知道的。”

“这说来话长了。”瓦克马回答道。

“听着，我需要你的帮助，我试图去研究时间面罩，它是怎么工作和不工作的。我想你可能知道在哪里的石刻上有关于这个的记载。这些知识是知识塔里没有的。”

“神庙里可能有吧，但是我不能带你去那里。”诺加玛说，“如果维索拉知道了会派瓦奇抓我们的。”

“他们不会的。或许奥奈瓦不能帮助我们，但是马陶和威诺瓦会帮我们的。”

诺加玛停了下来：“马陶？这可不怎么有趣。”

“怎么了?”

“瓦克马，马陶在两个月之前死了。他在管道里的时候被莫布扎克击中了，大家都知道的。”

这两个马特兰人沉默地走在去神庙的路上，瓦克马越来越相信有人滥用了时间面罩才造成了这一切的发生。但是如果奥奈瓦已经变成了胆小鬼，马陶死了，他已经不再相信时间面罩能够把正确的时间调回来了。

假设我找回时间面罩，他想，如果我猜是在我是个战士的时候别人从我这里抢走它的，我依旧没有任何线索知道他是谁。他看起来不像马古他，但是又有谁知道马古他究竟长什么样子呢?

“是你制造了时间面罩的?”诺加玛问，“我是说，你为什么想研究它，对吧?”

“是的，我制造的。”

“我希望你找一个好的隐藏地点，要不然，战士们会从你手里夺走它。”

瓦克马窃笑着：“它隐藏得太好了，连我自己都找不到。”

“我是认真的。”诺加玛严厉地说，“或许你应该告诉我你把它藏在哪里了。实际上，你认为的安全的地点是不安全的，我可以给你找个更好的地点。瓦克马，飞盘、武器、战士石、管道，我赢过所有的我们玩过的捉迷藏游戏。”

瓦克马看着他的同伴微笑了：“是的，你赢过，除了在大熔炉旁边的那次。如果当时瓦奇经过，我们两个就都要迷路了。”

诺加玛大笑着："噢，是的，你说得没错。这只是某个游戏，我还记得呢。"

"我知道你会记得的。"瓦克马回答道，"我最近在很多游戏中失败了，我想，是时候开始赢一些了。"

他们两个继续去城市的精神圣地。瓦克马的脑海里突然闪现出神庙被大火烧成灰烬、环绕的运河里面到处是瓦砾。他几乎没有回头去看诺加玛，但却突然停了下来，因为他不敢相信他眼中看到的。

捉迷藏，他想，这是我玩的游戏吗？我失去了战士能量、我的朋友、我的过去、全部现实，我去哪里去找呢？我怎么才能回到从前？最重要的是，我在跟谁玩这个游戏？

森塔克驾驶着船正确地朝美特吕入海口而去。这是一段很长的旅程，但是他和暗影天尊都没有睡觉。因为暗影天尊已经生活在潜伏敌人的环境里太久了，他很少闭上眼睛除非在锁好的门后。森塔克没有必要睡觉是因为职责是第一位的。

事实上从美特吕通向其他岛屿的海道，过去已经在马古他的命令下关闭了。只有这一条开放着，实际上是某人或者其他什么把这个通道弄开的。暗影天尊猜想这是克瑞卡的杰作，当他和尼德希奇一起去美特吕的时候。

当小船穿越海口的时候，突然一个深灰色的东西进入了黑暗猎手的眼睛。他命令森塔克停下来，自己迈步到环绕海口的狭窄的石头上凑近看，证实了他的猜测：一个能量面罩，珍贵的速度面罩。

“你知道那是什么吗?”他问森塔克，“面罩，战士最珍贵的物品。毫无疑问这属于一个勇敢的战士，他来到这里是为了关闭海道，认为这是对城市最好的保护。但是却经历了一场激烈的战斗，他受了伤，所以把面罩留在了这里。”

暗影天尊转身看着自己的护卫，他正直直地向前看着。“你认为会在这水中找到一个英雄的坟墓吗?”黑暗猎手悠闲地把面罩踢到了海里，看着它消失在水中，“或者只是个休息的地方，在为白痴准备的泥巴里?”

瓦克马和诺加玛跪在运河旁边，看着神庙。这时候，瓦奇巡逻来了。就像它们往常一样。平常，马特兰人能够自如地走来走去，只要确定是在公共区域就可以了。但是瓦克马怀疑这个新的美特吕不会这样了。

“我们不会成功摆脱它们的。”诺加玛说，“那样太愚蠢。”

“不，我们要进去。”瓦克马确认道。

“你看起来很自信。”

“我为什么没有自信呢，我和你在一起呢。”他微笑着说，“另外，我知道密道。”

瓦克马回忆起当他是魔兽战士时候他是如何绕过门外战士的警卫进入神庙的。那不是一个值得骄傲的时刻，他来到那里是要进行绑架和杀戮，都是为凶残的魔后服务的。他想尽力忘掉这些事情，但是他还是记得通往神庙里面的道路。

他带着诺加玛从这个桥的最远端去神庙。一部分隐藏在地下的通道通向一个管道，这个管道过去是用来将提纯的能量原从这里运送到城市里的。但是好多年以前已经废弃不用了，而在水下向上可以通往神庙的中心。

“你就是叫我来这里吗?”诺加玛问。

“就当是一次挑战吧。”瓦克马回答道，“会让你的安静得令人烦恼的生活变得愉快。”

管道阴暗、狭窄，而且潮湿，散发着臭气。有些小生物跟着他们爬动，但是看不到他们是谁，这可能是最好的。因为管道是在海底建造的，所以随着他们的前进压力在增加，感觉就像是有两只手按在他们头上。

最后，他们成功地到了另一边，神庙里的能量原的提纯室内。瓦克马示意让诺加玛安静地跟着他。因为这里水村的工人再不想看到侵入者。他们一起在黑暗中滑行，最后到了走廊里。

“我们去哪儿?”瓦克马问。

“时间面罩的存在只是一种传说。”诺加玛回答道，看了看四周，她明显地感到不舒服，“没有人确信它能够被制造出来。你是怎么做的?”

“没有关系。”瓦克马说。没有时间去刨根问底地想是怎么制造时间面罩的。事实上当他是美特吕战士的时候他雕刻了时间面罩。但是在这个新的世界里，他不是什么战士了。这就意味着他认为时间面罩造成的这一切根本就不该发生。这个矛盾的想法让他头疼。

诺加玛把他领到一个堆满了石头书写板的屋子。

“所有这些都将在被翻译后送进知识塔。”她说，“它们都是在入海口关闭之前从其他城市运来的。我们还没有给它们编目呢。或许能从这里发现点什么。”

这两个马特兰人开始分工研究石板。因为瓦克马根本看不懂任何石刻的东西，他就看刻在上面的形象有没有像时间面罩的。如果没有，就丢到一边，接着看下一块。

过了一会儿，他问：“现在城市里情况有多糟?”

“糟糕，非常糟糕。”她回答，“莫布扎克几乎占领了整个林村，奥卡姆战士勇敢地抗击，但是过了好久才会有效果。现在他正在疗养自己受的伤。因为在那个村子里没有工作，管道坏了汽船也不能起飞。城市陷入停顿状态了。”

“战士们有什么计划来对付莫布扎克吗?”

“维索拉战士说要找神奇飞盘。”诺加玛回答道，“但是，他们好像不知道如何定位。”

“另一个自相矛盾的是，我利用神奇飞盘制造了时间面罩。而在这里，它们很明显都不存在。”

瓦克马说着拿起了另一块石板，看了看，不寒而栗。上面刻的人物很像在海关关口抢走他时间面罩的人。

“他是谁？干什么的?”他问。

诺加玛接过石刻开始端详起来：“他是……我想，是沃帕拉克。能力非凡。这部分我看不清楚。他为黑暗猎手服务，为了……”诺加玛睁大了眼睛，“瓦克马，他是要获得时间面罩的一个家伙!”

“什么？全告诉我……”

“他能感受到时间的波动，他相信时间面罩能制造时间波动。”她说，“如果时间面罩被制造出来，不管在哪儿这个家伙都会找到它，然后交给黑暗猎手。”

诺加玛抬头看着瓦克马：“为什么那么重要？告诉我事实，你在美特吕看到过这样的事情吗？这就是为什么告诉你隐藏地点的重要性。或许比相信你更重要？”

瓦克马点点头：“或许你是对的，诺加玛。跟我来，或许是揭开真相的时候了。”

站在水村的顶上，森塔克看到瓦克马从能量原管子里出来。如果这个没有生命的黑暗猎手护卫对瓦克马的同伴的身份感到吃惊的话，此刻他并没有表现出来。因为他没有必要发表意见，他只是执行任务，例行公事。

暗影天尊看到两个人正在穿越这个地方。起先，他对这个情景没有任何感觉。为什么瓦克马不是一个人穿行？他想去哪里找到一个战士，当然，一个火战士是不会对两个黑暗猎手构成威胁的。

然后一个悠闲的想法出现在他复杂的心中。他仔细看着，研究他们要去哪里。他看到了一个阴谋的轮廓，像他自己一样迂回的阴谋。这个瓦克马已经在我手掌心了，不管他知道不知道。

“我们跟着他，”暗影天尊说，“他会带我们找到答案。一旦我们找到答案，你将把他处理掉，那将是萦绕在战士心头的永远的噩梦。”

“你要把我带到哪里？”这已经是诺加玛第六次问他了。

“地村。”瓦克马回答道。他已经找到了一个乌萨车驾驶员并劝说他同意将车暂时借给他们用一下。在平常的情况下，他们是不会允许他们的交通工具或动物离开他们的视线的。但是这是非常情况，瓦克马提醒自己。

“这就是时间面罩隐藏的地方吗?”

“有些东西藏在那里。”瓦克马回答道，“如果我没有猜错，那是和面罩一样具有破坏能力的，一件我希望永远不想再见到的东西。”

“说清楚点!”诺加玛发狂了，“告诉我去哪儿?为什么?喷火人，在我发火之前。”

“为什么?诺加玛，安静点。我总是认为你在我们中间是最有耐心的。你不想证明我看错了，是吗?”

他们穿过边界进入石村，道路变成了在峡谷之间的小路，房子也变成了低矮和简陋的小房屋。石匠凿石头的声音响彻整个村庄。瓦克马能够看到一群技嘉那罗牛在前进。

“真是个不一样的地方，”瓦克马低声说，“真是够遗憾的，我们没有好好享受我们应该得到的。”

“你在说什么呢?”诺加玛疑惑地看着他。

“所有这一切——村庄、异兽、太阳、天空，美特吕是个美丽的地方。世界有秩序并充满爱心，所有都在圣灵的关照之下。我们认为他一直是这样所以我们不懂得欣赏，一直到他离去。我们都没有珍惜，包括你。”

“时代不同了。”诺加玛安静地说，“我们不要总是要寻找什么原因。我们不得不信任那些能力比我们强的人，他们知道什么对我们是好的。”

“你是说像维索拉那样的?我不觉得战士能量自动

给他们带来了智慧。”

诺加玛大笑：“我说的不是实际的能力。不是战士制造的雨水和狂风，是去创造未来的能力、去统治的能力。有能力去一直改变别人的命运，这就是我说的。”

“要是他们不想改变自己的命运呢？要是他们一直觉得都幸福呢？”

诺加玛摇摇头：“他们要什么都不重要。他们将生活在高级的人创造的世界里，他们知道该怎么去做。如果圣灵不想让他们聚集在一起，他不会让他们那么容易被领导的。”

瓦克马让乌萨车停了下来：“好吧，我对你的领导结束了。我们的目的地就是前面的那个洞。”

“时间面罩不会在那里的。”诺加玛讽刺地说。

“你怎么知道的？”

“我就是知道。我不准备进去。”

瓦克马正想说这是好事情，那么他就一个人去。但是还没来得及张口，车突然剧烈地颠簸起来，把他扔到了石头地面上。抬头一看，莫布扎克藤蔓正在呼啸而来，准备抓住他。

这一幕让他回到了糟糕的记忆里。莫布扎克是马古他创造出的用来征服美特吕的阴谋之一，六个战士已经合力用神奇飞盘摧毁了它。在变成村民后，他还几乎没有单独和它较量过。这个事实让诺加玛安静地坐在车里好像什么事情都很正常。

“诺加玛，帮帮我！”他大叫着，勉强躲过了藤蔓的一击。

“这个地方不安全。”诺加玛回答道。“我们应该离开这里。”

现在，太令人震惊了！瓦克马想，当藤蔓在身后追逐自己的时候。他捡起一块石头扔向藤蔓。藤蔓抓住后把它捏成了碎屑。石屑飞扬，瓦克马看不清楚了。

藤蔓的机会来了，两根藤蔓缠住了瓦克马拖着他到它们出来的那个洞穴里。瓦克马的腿陷进了地面，但是还是摆脱不了这个植物的紧握。片刻后他就会陷入地下永远消失。

这足够引起诺加玛的注意了。她跳下车，用一种瓦克马从来没有见识过的速度和敏捷，开始和藤蔓搏斗，并用胳膊抱住了它。一时间，瓦克马怀疑她是否能让藤蔓屈服。但是让人吃惊的是，那根藤蔓突然放下他，撤退到洞里去了，带着一股黑色的汁液。

诺加玛转身看着瓦克马，并没有想伸手拉起他的意思。“现在，我们可以走了吗？”她问。

“可以了，如果你想。”瓦克马起身回答道，“我必须要看到某人和面罩。”

他爬上乌萨车拉起缰绳。诺加玛有点勉强地回到原位，坐在他身边。

在他们脚下的一个很深的洞穴里。藤蔓治疗着自己的伤口。那只蓝色的手弄伤了它，虽然不太严重。然而，伤不是重要的，植物思考着：是该重新考虑这笔交易了，我在这个大的剧情中扮演了个小角色。确实是。但是我是唯一一个知道这幕后的力量的。因为我要观望，瓦克马，我还会回来的。

瓦克马走向那个黑暗的洞穴，诺加玛紧跟着他。他从来没有到这儿来过，只是听奥奈瓦说起过。抛开他对自己同伴的信任，他真的没有信心能在这里找到他想要的东西。但是如果这里不是最后的终点，或许这里能给他指出正确的方向。

他走到了一个死角，在洞穴的后部。当奥奈瓦以前在这里的时候，地震已经让岩石松动了。露出了上面一个房间。在这个奇异的与众不同的地方，从来没有地震。里面肯定有路，我一定要找到它。他闭上眼睛，把手伸向石头，寻找墙上不对劲的地方。

感觉过去了一个小时，他终于发现了。

有一个很细小的隐蔽的石头的部分，甚至让人不容易察觉。瓦克马觉得很不自然。他深呼吸，冷酷地想象可能发生的事，而后将手压向石头。

墙滑向一边。瓦克马看到一些东西不可思议地飞速地移动着。然后，那东西击中他的脸，贴着他的面罩。他跌倒了，但是没有感到撞击。他失去意识，迷失在一阵色彩和声音的漩涡里。一种不属于自己的意识进入了他的意识。从来没有经历过的记忆洗刷着他。他竭力保持自己的精神正常。看到一个形象在眼前浮现。

是个战士。这个能确定，但是从来没有见过这个。他的盔甲看起来很光滑，看起来更有流线型。有点像他在档案馆里的看到的古代英雄的石像。但是，他感觉这个人不像是从古代来的。

“我是战士。”那个人物说，“我欢迎你，兄弟。代表所有以前离开的战士还有哪些现在还是战士的人。”

“这里发生了什么？”瓦克马问，“我从来没有听说过你，我在做梦吗？”

奇怪的战士摇摇头：“不，瓦克马，你看到都是真的。记得吗？你是有天赋的，即使你现在是马特兰人，你还是有能力能看到未来的碎片。我就是碎片之一，一个战士永远不会出现如果你不能完成你的任务的话。”

“什么任务？我应该做些什么？”

战士举起了自己的剑。武器开始振动，发出嗡嗡声，然后声波击毁了一面坚固的石头墙：“找到真相，无论前面有什么阻挡你。欺骗能击倒你，就像敌人的每次攻击一样。你是一个没有铠甲的战士，在刀剑房里。瓦克马，只有事实能保护你。”

战士停下来，然后说：“你不必相信我。”

瓦克马大吃一惊。当然对他看到的他有疑惑，但是他感觉到对方的表现并没有欺骗他。

“什么也别相信，”战士说，“我佩戴着心灵感应面罩，你的思维对我是敞开的。”

“我需要找到什么真相呢?”瓦克马问，“你为什么不直接说?”

战士微笑了：“未来只和过去有很大关系。瓦克马，这是一个规律，即使战士也是没有办法改变的。”

“你有什么事情要告诉我吗?”

“有两件事要和你分享。我说过你一旦失败，我就会不再存在，你必须作好失败的准备。如果必要的话，你必须愿意破坏未来还有现在以阻止邪恶传播。”

“第二件呢?”

“有一天，六位英雄被召集起来开始一个凶险的旅程，去一个你能想象的最黑暗的地方。他们会勇敢地赴汤蹈火，会和邪魔面对面，如果他们稍有动摇，他们就会死去。你，瓦克马，你能感受到最可怕的所有负担。”

瓦克马能明白这是指去哪里：“我必须领导他们。”

战士摇摇头：“不，没有比这个更容易的了。你必须给他们这个要求，知道他们可能再也回不来了，知道你不能为他们做什么，只是等待和期望。”

这个神秘的战士张口似乎要说些什么，然而随着一阵阴影飘过来，他消失了，被黑暗带走了。瓦克马的眼睛突然睁开然后吃惊地意识到他仍旧在洞里。那个人从他的面前消失了，但是没有走远。

“我想你可能喜欢你的面罩如果没有这个配件的话。”力刚战士站在那里，在他手里握着一个蠕动的东西，像是个混合了卡拿和卡他的混合物。瓦克马以前见过这个玩意儿，当它在马古他的一个巢穴里攻击奥奈瓦的时候。

“如果就是这个，那我算是找对地方了。”他对自己说，“现在我必须活着出去。”

“你还好吗？”当瓦克马站起来的时候，力刚问道。

“你不是死了吗？”瓦克马反问道。

“当然没有！”

“那我不是很好。”瓦克马向四周看看。墙上满是石刻。他尽力去读取，但是它们是用他看不懂的文字写的。他感觉甚至诺加玛都很难能翻译出来，心想最好还是去问这个在旁边的马特兰人。长长的石板列在墙两边，伴随着废弃的飞盘、古代石刻的碎片，还有其他的手工艺品。

“你很幸运，我在这里。”力刚长老说，“如果我没有从你身上取掉那个玩意儿，你会很危险。”

“我可能学会的超过了你让我知道的。”瓦克马说，“你的面罩很完美。我是造面罩的，我应该知道。但是一些零件是留给新手做的，你的有瑕疵。”

瓦克马跳到一块石刻边，抓了一只飞盘，用尽全力朝诺加玛的头部扔了过去。水村马特兰人大吃一惊但没有移动。飞盘呼啸而过，正好穿过去。

现在瓦克马知道他怀疑的是正确的：这不是真的诺加玛。瞬间，他停止相信她是真的，她的形象开始起伏变化。实际上，身边的一切都开始变化。好像精心制作的幻觉突然崩溃了。他的对世界的展望也开始改变了。现在他看到了实际的自己，以及一直以来的身份：美特吕火战士。

诺加玛的形象消失了，被现实中的黑暗守卫蛛所代替。它一直被诺加玛的幻影所遮盖。它用欺骗的力量模仿了她的声音。瓦克马感到阴影降落到他身上，不用看也知道他身后的那个“力刚长老”正在变化。

不用怀疑，他提醒自己，不管我要面对什么，我是个战士。

慢慢地，瓦克马战士转身面对他的敌人。

在洞外，暗影天尊和森塔克等待着。瓦克马和他的毒蜘蛛同伴已经进去有些时候了。对于任何看到这个场景的人来说，这都是一个奇异的景观。战士和毒蛛肩并肩地前进，然后一直进行机密的对话。但是暗影天尊已经看过这样的情景了，并没有很有感觉。

“我应该期望一些更新鲜的东西。”他对森塔克说，“这是个老的策略了。如果对身体的攻击失败了，就打击他的精神。我不知道瓦克马究竟看见了什么或者他自认为是和谁在一起，但这全都是骗局，为了布局者的目的而设计的。现在他能明白是谁让他陷入那么大的困境来戏弄他的吗？”

当听到沉重的脚步声的时候，森塔克猛然转过身。在远处，一个魔鬼样的形体向他们走来——沃帕拉克。这个家伙手里拿着什么东西，在美特吕阴暗的光线下闪闪发光。

花了好长时间，沃帕拉克才感觉到他的领袖的存在。他毕生的目标是得到时间面罩，这让他对其他都漠不关心。现在证明他的胜利的那个人出现了。

暗影天尊微笑着看到他的伙计来临。即使隔着很远的距离，他依然能看到传说中的时间面罩的形状，终于水落石出了：沃帕拉克曾和瓦克马一起追寻，最后沃帕拉克从拥有者手里夺走了时间面罩。

现在全明白了。瓦克马出现了。那么复杂的努力让他相信世界不是他认为的世界，一个大的阴谋从一个还不怀疑的战士身上，夺取了关于时间面罩的知识，然后面罩到了沃帕拉克手中，最后属于黑暗猎手。

暗影天尊转向森塔克指着洞穴说："我们已经得到了他们要找的。"他说，"我们已经不需要他们了。"

森塔克点点头。只过了一会儿，他朝那座山发射了飞轮，击中了洞穴上方的大块岩石，巨石从上方滑落下来堵住了洞穴口。

"减少一个战士会带来麻烦。"暗影天尊确定地说，"对于其他人，当我们回来的时候，我们会派人送一封带毒液的信去表达我们对于他们马古他兄弟连的损失的同情。他们会发怒的，但是不会想到是我们干的。没有证据，兄弟连不会冒险开战。"

暗影天尊从沃帕拉克手中接过时间面罩开始赞赏精美的工艺。很难想象这么简单的面罩拥有改变或者毁灭宇宙的能力。它在他的手中很舒服好像他属于懂得如何运用它的人。

我知道，噢，是的。暗影天尊暗想，很快，每个生物都将为听到这个消息而颤抖，黑暗猎手的时代来了。

巨大石块的滑落让洞穴震动，瓦克马失去了平衡。他爬起来，发现面对的是他最糟糕的噩梦。

站在他面前的人物穿着巨大的盔甲，散发出邪恶的能量。血红色的眼睛在一个生锈的、有坑洼的面罩后发射出残忍的光。像巨大骨骼一样的翅膀温柔地扇动着从未存在的微风。他的出现让洞穴里的黑暗又加深了。希望又远去了，每束光线似乎都被他的黑暗吞噬了。

"马古他!"瓦克马倒吸了一口凉气。

"是的，小战士，"巨人低声说，"马古他，一旦我得到时间面罩，我会再一次自由地继续我的使命。我会从你那里得到，不是用力量而是计谋。但是你把我的骗局看破了。"他凑近来，直盯着瓦克马的眼睛，"告诉我为什么?"

瓦克马下意识地后退了几步。"你大意了。"他说，"你差一点就成功了。只是当诺加玛说我是多么不善于藏战士石的时候——她和我都没有藏战士石，那是当我们成为战士以后的事了。如果我们都没有成为战士，她是怎么知道这些的呢？这开始让我起疑心了。因此我提示她在大熔炉做的一个游戏，一个从来没有发生的事情，但是她回应得很好。"

瓦克马一边说着一边手向一个飞盘移动："如果她是假的，那么其他的也都是了。我早就想也许是时间面罩造成了这些变化，但是如果不是，那就是某个人做的。既然这是一个残酷残忍的发狂的行为，我自然会想到是你。"

马古他微笑着说："从一个无处可逃的战士嘴巴里说出了勇敢的词语。"说着，他指向被巨石覆盖的洞口，"一旦我获得了面具，我将为所欲为。它在哪儿，瓦克马?”

“不在我这里。”瓦克马回答道，作好了迎战的准备，“被一个叫做沃帕拉克的家伙从我手里抢走了。”

在过去，瓦克马已经见识过胜利的、痛苦的、生气的、绝望的、目空一切的马古他。但是他还从来没有见过马古他如此愤怒得几乎扭曲的脸孔。马古他狂怒得几乎说不出话来。在战士可以移动来保护自己之前，马古他举起手臂，发射出一股黑暗能量流，让瓦克马失去了知觉。

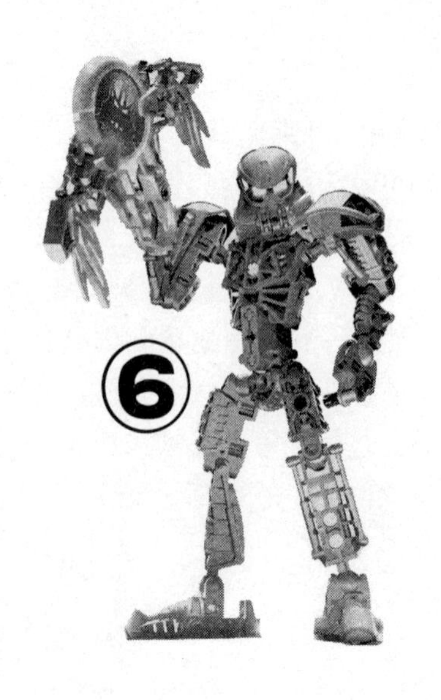

⑥

一阵剧痛让火战士清醒过来，发现马古他正用手抓拖着他在坑道里前进。好像瓦克马就是一件废弃了的武器，要被丢进大熔炉回收再利用一样。瓦克马心中怒火升腾。他用意念让自己胳膊的温度上升了几千度。毫无准备的马古他随即发出了一声惨叫。

瓦克马飞速站起身，准备作战。可让他吃惊的是，马古他笑了。

“你是有精神的，小战士。”马古他说，“精神在接下来的战斗中有用。”看瓦克马没有回应，他又接着说，“黑暗猎手那里有属于我的东西，我想要回来，你就准备帮助我吧。”

现在轮到瓦克马笑了。“当癞蛤蟆能飞的时候吧。”

他回答道，“我为什么应该帮助你？黑暗猎手得到还是你得到这个面罩对于我有什么区别？你们都是垃圾。”

马古他掐住瓦克马的脖子把他撞贴到墙上：“别以为黑暗猎手就是尼德希奇和卡瑞克，他们中的一些足够让我的肌肉起鸡皮疙瘩——如果我有肌肉的话。”

瓦克马举起胳膊发射出一团火焰，让马古他接受这突然一击而放开了他。在马古他退后的时候，瓦克马接连发出更多火焰。

“你在黑暗的地方待得太久了。”瓦克马大叫着，“体验一下光的改变吧。”

马古他猛地发动袭击把瓦克马击倒在地。“够了。”他大叫着，“在我们像谷口鸟一样争吵的时候，说不定我们两个想要的东西已经离开这个城市了。”

瓦克马摇摇头让自己清醒一下。他躺在马古他的脚下，但是巨人没有做任何有敌意的举动。“你在说什么？”

马古他的眼睛发着血红色的光：“停战，瓦克马。我们互相攻击不会找到面罩。如果面罩在我手里，你下了决心拼死也要得到它，那我就接受你的挑战。”

瓦克马没有很快相信马古他。但是他依然相信一个战士是不可能战胜黑暗猎手团队的。如果沃帕拉克成功地把时间面罩带出美特吕，估计自己就再也找不回来了。

瓦克马强忍住内心的反感，说：“好吧，我们合作。”

这两个不太可能结盟的人已经走了很长时间。虽然马古他有能力破土而出，但是他坚持还有其他的路可以出去。他不想循规蹈矩，他期待有惊喜。

瓦克马发现他们正走在流星锤异兽和异者出没的地盘。如果他们出现就会改变力量的平衡。现在他们可能是离开城市去帮助那些万毒蜘蛛的牺牲品去了。但是他希望不是这样，现在任何帮助都是需要的。

缺少联盟的想法让瓦克马想起了假扮诺加玛的蓝色蜘蛛，它并没有跟在他们后面。“那只蜘蛛怎样了？”

“它以另一种形式存在了。”马古他回答道，“它回去把黑暗猎手引开，肯定会被杀死。这个世界并不缺少一只蜘蛛，多少都无所谓。”

“你的观点令人恶心。”

马古他转身面对着瓦克马：“这些蜘蛛很知趣，它们的存在只是为了服务于那些它们没有能力击败的人。你可以从它们的例子中学习到一些道理。”

黑暗之王马古他继续前进。瓦克马在后面叫着：“据我所知，我们能够击败你。”

“那是瞬间的失败。因为那时候我的能量是分散的。”马古他回答道，“吸收了尼德希奇和卡瑞卡以及尼瓦克的能量，超乎我的想象。你轻易就能理解到我吃掉了他们。”

他举起手示意停下来。瓦克马看到马古他拿起了一个在巨石上的金属环。慢慢地，岩石开始移动，随着马古他的能量向巨石进行撞击。

火战士耸耸肩，开始瞄准，猛地发射出一团火焰融化了石板使之成为水泥。“试试我的。”他说，“可能更快一些。”

马古他把金属环扔在坑道的走廊上："你真的很会运用你的所长，我想。"

"这是必须的，要不然你不会需要我的帮助。"瓦克马说。

马古他的嘴角挤出了一丝邪恶的笑容："是的，小战士。你是最好的助手。一个可以完全依靠的人。"

沃帕拉克静静地站着观察着被埋葬的洞口。暗影天尊和森塔克已经带着时间面罩离开了，命令他就地待命，可以随意处置从里面出现的人。

一阵无所事事的风吹过峡谷，是黑暗守卫蜘蛛。它直接发起攻击也不管对手有多强。沃帕拉克手轻触一下，它的生命就到期了。

任何生物都会因为在这个荒凉的地方孤单地执行任务感到厌烦，但是他没有任何不满要急切地去其他地方。

他没有什么理由，除了时间。

瓦克马和马古他看到沃帕拉克站在高高的岩石上。"他根本就没有面罩。"马古他咆哮着，"你说他有的。"

"我是说他从我这里抢走了时间面罩。"瓦克马纠正了一下，"如果不是玩你的精神游戏的话，我或许已经把它拿回来了。"

"你差点就淹死了，是我救了你。如果不是为了你，你不可能站在这里和我争论。"

瓦克马争论道："我的城市不会陷入废墟，我的朋友不会被装在银球里，时间面罩不会掉进海底，如果不是因为你。”

“细节，无聊的小事，你的思想被这些小事弄乱了。把注意力集中到现在吧。”马古他说，“沃帕拉克为了珍贵的奖赏才会独自来到这里，我想他的领袖暗影天尊也在美特吕。一定是他拿走了这个面罩。我们绕过沃帕拉克去陆地上追赶暗影天尊去把它夺回来。”

马古他等了一会儿，指向沃帕拉克咆哮着说：“你还在等什么？摧毁它。”

“战士不是杀手。”瓦克马回答道，“如果我们是，我们会首先从你开始。”

“非常高贵的战士。这就是为什么最近很少有战士出现的原因。你认为沃帕拉克会那么愚蠢和手软吗？你选择面对黑暗猎手？”马古他的下一个词组变得死一般安静，“还是我？”

瓦克马选择了沉默。然后集中精神做了一个白热的火球。他花了好长时间思量这个火球究竟该送给谁，最后选择发射给了沃帕拉克。它准确地击中目标似乎要带来一场灾难。

火战士作好了准备迎接沃帕拉克的回应，但是令他吃惊的是，火焰发出噼啪的声音在接近这个家伙的时候居然熄灭了。他甚至看都没有看瓦克马攻击的方向。

疑惑中，火战士再次尝试。火焰流、火焰雨，甚至火焰笼，但都是在接近他的时候熄灭了。瓦克马嘟囔着什么，这让马古他觉得他是在自娱自乐。

“看。”巨人说。他捡起一块卵石扔向那个似乎刀枪不入的家伙。在距离沃帕拉克几英尺的地方，石头变得粉碎。

“这是什么能力?”

“时间,”马古他回答道,“任何指向他的力量都要经过几年才能到达。任何事物在他的触摸下都会变老,或者他让它变得年轻。没有能量是不会在几年中不消失的,小战士。”

“那么怎么才能击败他?”

马古他眯缝起眼睛。“最好以牙还牙。”马古他指向西边的一条峡谷,“看,瓦克马,马古他的孩子。”

起初,瓦克马只是看到一片灰色的云好像一群可怕的异兽正向他们冲来。然后,他看清楚了。一阵寒意传遍全身。一群拉希——居住在档案馆里的可怕的生物。它们有成百上千个,很多种色彩,它们直直地向沃帕拉克冲去。

瓦克马不忍去看,但是又不得不看。第一排拉希到了敌人跟前,然后倒下,里面的卡他开始枯萎死去;紧接着是第二批,也是同样的命运。它们前赴后继,一直前进,也不管前面的兄弟的死活,只是盲目地走向自己的死亡。

“它们生在我的黑暗里。”马古他说,带着一种自豪的口气,“每个拉希都带着我的一部分在它们耀眼的盔甲里,它们生,它们死,因我之名。”

“如果你控制了这些军队,为什么不让它们去抓马特兰人呢?”瓦克马惊问道,“为什么不派这些军队去城市?”

“如果我这样做,就不会有城市让我来统治了。”马古他回答道,“我们必须走了。趁着沃帕拉克忙于处理死在他脚下的我的军队。”

瓦克马还在犹豫，马古他抓住他把他从这个奇观中拖走了。战士愤怒又无奈地跌跌撞撞地跟在这个讨厌的敌人后面。他们走过长长的一段路，下了山。瓦克马竭力不去想那些卡他死亡之前的愤怒的嗞嗞声。

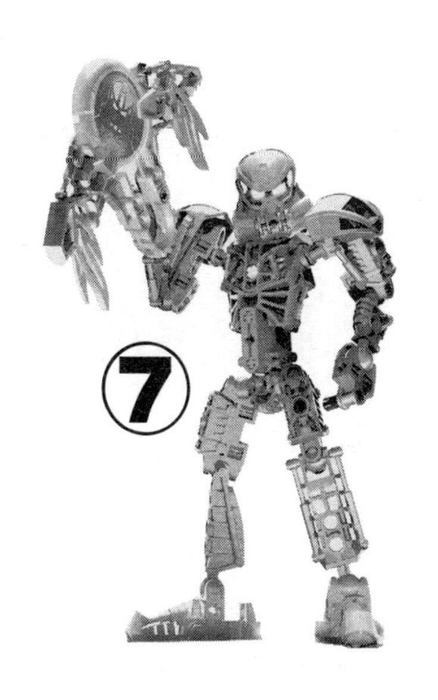

⑦

在一段时间之前，神庙还是美特吕一座雄伟的壮丽的建筑物，现在则几乎变成了一片废墟。这都归功于万毒蜘蛛。当瓦克马和马古他接近的时候，他的眼睛不能离开这个建筑物的残骸，好像这是所有的邪恶让城市沦陷的标志。

“噢，我哥哥的神庙。”马古他说，“以前是那么辉煌，现在死得像建造它的人一样。”

这个奇怪的评论让瓦克马吃了一惊，他从刚才的思绪中挣脱出来：“死得？你在说什么？”

“几个世纪之前，一群马特兰人想获得更大的能量。”马古他解释道，“他们让自己接触了能量原变成了龙一样的生物，叫做怪异龙。他们从海洋中出来，毁坏了水村的海岸线，包括神庙。杜马长老，这个傻子，根本不知道该怎么办。幸运的是，他们死了，他们的身体被合并在一起，形成了一片新的陆地，包括垃圾的碎片和现在神庙坐落的地方。”

“看起来像是你的一件作品呀。”瓦克马厉声说。

马古他笑了：“小战士，你还没有开始看到哪怕仅仅只是我的计划的一个轮廓呢。我有一个接着一个的计划会让你脆弱的神经迷惑。你会遇到一个，但是还有上千个你不知道的。甚至我的失败都是设计好的，所以最终的胜利是我的。”

这奇怪的一对在通向神庙的桥上走着，瓦克马不由得想起来，他在马古他的幻想中偶遇了维索拉战士。既然他知道这六个其他的马特兰人注定会成为美特吕战士，那么这个他的队伍就是对使命的篡改，他是一个骗子，无论他率领其他的战士表现了多少英雄的行动。他们知道马古他是为他们的力量负责的。

“为什么？”瓦克马问。

“为什么你是个战士？”马古他回答道，“不，我没有读取你的意识，瓦克马，你的意识太快了。你的担忧是透明的。我观察着星星，看到了六个要注定成为战士的名字，他们是马他吕安排的要成为的战士的名字。不是一个特别英雄的团体，但是意志足够薄弱，他们需要一个像力刚战士这样的强有力的领导来塑造他们。”

马古他举起手来，阴影开始遮住了星光：“因此我挑选了我认为的六个好争论的、意志坚强的、固执的马特兰人。我把他们名字植入了力刚的意识中，他忽略了使命而挑选了你和你的朋友作为美特吕战士。我确信你们会失败，因为你们的最终意愿。即使你们不这样，我也已经有满意的挫败马他吕的意愿。”

他们谈话中就走到了神庙的门前，马古他示意让瓦克马先进去：“暗影天尊一定来到这里了解关于面具的知识，你在这里埋伏下，我还有其他的事情要处理。”

瓦克马想争辩，他不相信马古他，特别是不在一个充满武器的地方。

但是争辩会浪费时间，而时间恰是他们缺少的。他走进了神庙。

马古他等到他再也听不到瓦克马的脚步声，然后他转身温柔地说：“你现在可以出来了。”

一个强有力叫做流星锤异兽的异兽从神庙的阴影中出现了。马古他欢迎着他的到来，嘴边露出了一丝满意的微笑。

瓦克马已经占据了神庙的制高点，从那能看到下面。他很快就筋疲力尽了。如果黑暗猎手不需要关于时间面罩的信息，毫无疑问，他们会寻找其他的资源。或许马古他派我来就是为了让我与众不同的。他想。

他准备爬下来的时候，听到下面有响动。他退到暗处等待着。过了一会儿，一个奇异的身影在下面的房间里快速地移动着。瓦克马看得不是很清楚，但是这个闯入者很明显不是个一般的人物。

瓦克马在房的椽子之间跳跃着跟踪，一边想着：我真的很讨厌，如果他是马古他的话。

森塔克已经听到了一个战士竭力想掩藏的动静。他不想打扰战士，抬起头暗示他已经发现了自己被监视。他在这个废墟有任务要执行。如果一个战士，或者一群战士在监视他，对他并不产生任何影响。而如果他们试图去阻止他，他们会被抓住并被带到暗影天尊那里。毫无疑问，他能刺探到他们心中的秘密。遗憾的是，当这一切完成的时候，他们将没有什么意识能留下来了。这一点也不影响森塔克执行消灭那些绝望的战士所得到的快乐。

快乐的生活就是由有趣的片段构成的。

瓦克马不知道下面的生物是什么东西，只知道自己没有什么事情可做。他决定用火作为语言发出一个“禁止进入”的信号。

瓦克马集中注意力。一团火从他伸展出的手臂发射出去，形成了一个火环包围了森塔克。这个黄黑色的家伙瞥了火焰一眼，轻蔑地耸耸肩膀，手指向火焰，瞬间，火焰变成了石头。他踢碎了石头环，然后继续走路。

“有一天，会有一个容易对付的敌人。”瓦克马自言自语，“只要把他的面罩取下来，战斗就结束了，好吧，这一切很快就会发生的。”

瓦克马取出了飞盘发射器，仔细瞄准。在他开火之前，他的目标发射了飞轮。瓦克马栖身的椽子消失了。瓦克马像石头一样从神庙上跌落下来。

森塔克转身去看，脸上一点表情都没有。红色的战士摇摇晃晃而且瞄准着不确定的目标。森塔克决定让他的敌人错乱比一场战斗更来得容易。他做出另一个手势，瓦克马被包围在黑暗球体里，甚至连他的火焰都不能驱散的黑暗中。

这是森塔克的第一个错误。瓦克马面对不能透过的黑暗堡垒已经很长时间了。在他是魔兽战士的时候，他已经和黑暗成为朋友并学会如何运用它们达到自己的目的。环绕在周围的黑暗让他看不清楚，瓦克马屏住呼吸，仔细听着。

水滴、鸟的叫声、椽子的呻吟声，他的意识过滤着这一切，并有意识的拒绝它们。他听到了金属在摩擦石头的声音。瓦克马朝着声音的方向急速发射了飞盘。

森塔克根本没有察觉到飞盘的威胁。这时候，二十英尺高的他正在用头撞击着神庙的椽子。过了一会儿，飞盘击中了他，让他缩小到六英尺。他的意志崩溃了，环绕着瓦克马的黑暗消失了。瓦克马飞快地迈了两大步，用手挖出了他的敌人。

胜利似乎来得太快了。虽然森塔克的身高缩小了，他的能量并没有完全消失，这唤起了他的分子变形能力。他避开了战士的武器，让战士变成石头。这个效果慢慢地在瓦克马的身上开始发生，让他不能活动了，他知道更坏的结果即将发生。如果不能找到解决办法，他的器官就会全部变成石头。很快，他就会成为一尊装饰神庙的死的雕像。

马古他盯着流星锤异兽。异兽已经作好了全面战斗的准备。他能感觉到马古他的邪恶，而且这激怒了他。

“你就是那个击毁邪帝的家伙了。”马古他低语着。“既然你从冰村跟踪我来到这里，毫无疑问，想要和我一样的命运，不幸的是……”

黑色的固态能量原从马古他的手中发出来，在流星锤异兽的周围包裹起来，压缩着他。

“但是，我不是邪帝!”马古他说。

流星锤异兽是个天生的战斗者，不是个战略家。现在，他的本能告诉他捆绑他的来自对手的意志。挣脱不会起作用，因为那来自对手的精神集中。他尖叫着，用足力气向马古他击去，击倒了马古他，夺走了需要支撑捆绑的注意力，他的“绳子”消失了。

“你敢!”马古他咒骂着爬起来。他发射了又一击黑暗波。但是这次异兽已经作好准备了。他用盾牌吸收了这些黑暗的能量，通过他的铠甲传递，用飞轮将力返了回去。

飞轮击中了，流星锤异兽等待着他的效果，奇怪的是，敌手居然毫发无伤。

“你不能用我的能量来让我受伤，畜生!”马古他说道，他抓住异兽的手腕，强迫他把飞速旋转的盾牌凑近他的喉咙，“让我们看看，这个是不是在你的身上也一样。”

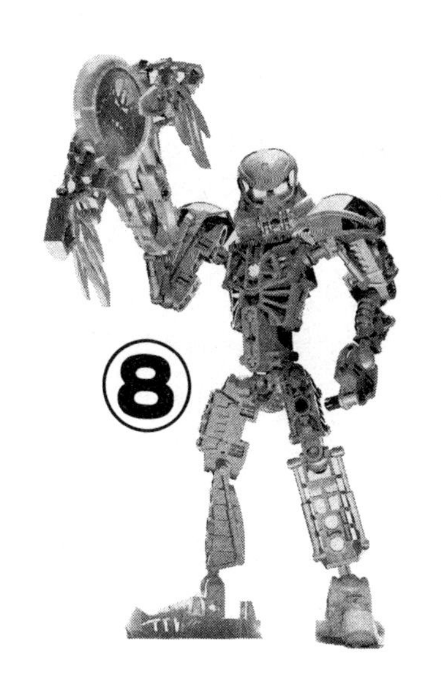

沃帕拉克检查着峡谷，岩石地面上散布着拉希铠甲的碎片以及枯萎的卡他的表皮。马古他的爪牙已经持续进攻几个小时了，它们的数量正在枯竭。

看到这个场景他感觉不到丝毫的哀伤，相反却很恼怒，毕竟这些生物没有机会去阻挡他，让他相信自己这纯粹是浪费时间。

那是为什么？

沃帕拉克看着洞口，它仍然被瓦砾掩埋着。在不断的烦躁中，他跳上斜坡，首先映入眼帘的就是瓦克马和马古他逃走后留下的巨石被熔化后的道路。

因此这是个把戏，他明白了。与其是面对面地交锋，不如厚着脸皮溜之大吉，在暗影天尊的眼皮底下羞辱了他。因此，他们获得了稀有的特权能够看到为了他们生命飞速地死去。

沃帕拉克看着脚下的石头，微小的划痕暴露了他的敌人的踪迹，他将沿着这个踪迹追到他们，然后，他相信他们再也起不来了。

所有的火村马特兰人都是面罩制造者，实际上，都是数学家。得到一个完美的面具是需要计算出精确的液态能量原的用量、雕刻的正确角度，还有其他的上百项的计算。这样的深厚的数学背景让瓦克马知道他只有九点六秒的生命了。

飞盘的能量已经消退了。森塔克开始站起身来，并且毫不犹豫地展开了攻击。瓦克马猜，他要集中念力应对要把他变成石头的能量流。需要做些事情去打破森塔克的注意力，或者只是打破森塔克。

这种变异的影响尚未到达瓦克马的眼睛。他投射出不顾一切的目光寻找答案。几乎放弃了希望。他看到在不远处，有些东西看起来像个黑色的药水瓶，与美特吕战士以前用过的用来收集能量原的差不多。水村的马特兰人曾经用这物质做过试验，试图人为地去处理它。如果在这个管道里有能量原。如果它是可燃的，如果他能做一些事情在他的时间用光之前。

已经没有时间来想三想四了。而且，瓦克马需要为他的计划抽出几秒钟来实现。幸运的是，森塔克的能量攻击只是影响了身体，没有影响心智。他运用念力发动了隐形面罩，变到不可视的状态。同时，他努力摆动僵硬的腕关节，轻微地移动他的手臂，从食指向那个药瓶子发射出细微的一束火焰。

森塔克吃惊地看到他的目标消失了，他放弃了攻击，首先想到的是他的敌人一定是转移了什么。但是他没有察觉到细小的火焰袭来，等知道后已经太晚了。

火焰击中了药瓶，超高热袭击了表面，让它里面的内容物迅速升高了好几千度，里面的压力没有办法释放，珍贵的时间发出嘀嗒声。

如果不起什么作用，那我就将成为一座石碑。瓦克马想，如果幸运的话，我唯一担心的就是被爆炸带来的冲击力撞进墙里，正好重新成为战士呢。

马古他使出浑身解数对抗流星锤异兽，那个异兽用他巨大的能量回击，并伴随着快速呼啸的防守动作。双方不分胜负，如此投入地战斗，好像要永远进行下去。

接着马古他出其不意，在流星锤异兽弯身的时候，停止了攻击。始料不及，异兽不禁向前冲去。马古他往后一翻滚，跳起来，将异兽击倒在地。

在异兽能作出反应之前，马古他又发动攻击。高热的能量射线从眼里发射出来，击中了异兽胸部的铠甲，焊接了隐藏了飞轮发射器的部件。由于丧失了运用这个武器的能力，异兽没有任何能量释放了。

“我看到了你眼中的恐惧，野兽。”马古他说，“或许现在你明白了，邪帝的能力不过是我伟大的黑暗的一点点的碎片。你会怎么想，当那些异者发现他们伟大的异兽盟友的尸体？他们会哀悼你吗？或者只是把你掩埋?”

异兽急速挥动着他的尖锄，发射了结实的一击。马古他咆哮着，发射出一连串的电光，向异兽击去。马古他的金属翅膀让他脱离地面，盘旋在他的敌人上面。

“那么，现在什么是最好的结果你的方式？带你到海边在岩石上把你的头击碎？把你留给饥饿的野兽？有太多的选择，但是宇宙未来的统治者已经习惯作困难的决定了。我想我会选择……”

一阵爆炸声从神庙那边传来。冲击波把马古他击向半空，让他翻滚到海里。异兽也被吹走，勉强用他的武器在陡峭的岩石上立住了。却没有看到瓦克马和森塔克从里面出来。

火战士躺在地上，等待着眼前的火焰轮停止闪烁，意识中的铜锣停止了。他的战士铠甲大部分没有受损，但是下面的肌肉还是很疼痛。森塔克躺在旁边，一动不动。瓦克马猜想他的敌人已经死了，他不确定什么原因能让他死，但是感觉他不再是威胁了。

他努力站起身来，他看到远方马古他正展翅向神庙飞来。他看到流星锤异兽正攀登悬崖的边缘，看起来好像是踩在托塔龙上，在瓦克马向他叫喊之前，异兽失败了，不省人事。

瓦克马开始跑向他坠落的盟友，他只是走了几步远，突然一块固态的结晶状态的能量原产生在他的腿和脚踝，他摇摇晃晃地跌向坚硬的地面。

“不必那么着急，战士。”一个声音从后面发出来，“你的人生结束了。”

起初，他认为这是马古他的引诱。但是马古他刚刚离开海洋，还要一点时间才会接近神庙。战士转过身看见两个身影正阴森地逼近他。一个是沃帕拉克，另一个魔鬼一样的人物拿着长矛还有另外一件东西——时间面罩。

“我就是暗影天尊。”那个人物发出严酷的口哨声，“你肯定没有听说过我，但是你知道我的两个代表：尼德希奇和卡瑞卡。你和你们的同伙干掉了我的两个黑暗猎手，战士，现在你必须偿还。”

两束光线从他的眼睛里射出来。中途，它们神秘地消失在空中，然后在不远处重新出现。它们击中了神庙的一部分，那部分消失在视线里。

翅膀的阴影笼罩了瓦克马，马古他到了。

“你为什么介入进来，伟大的马古他？”暗影天尊说，称呼他“伟大”好像是个侮辱的词语一样。

马古他降落在地面：“因为我感兴趣。一个简单的小把戏，把你的光柱移动到空中，然后按照我指的方向走。”

“小心点。”暗影天尊说，“黑暗猎手有权利复仇，你不能救这个战士。”

马古他目露凶光：“战士？关我何事？如果你想要他的命，随你。给我时间面罩，他就是你的了。”

太好了，瓦克马想，我夹在两个最邪恶的人物之间。现在希望他们不要决定分裂不同，我会将计就计。

暗影天尊摇头说：“呃，你配得上这个小玩意儿吗？我不值得让我的黑暗猎手失去这么有力的武器。恐怕，伟大的马古他，我必须两个都要。”

“无法接受。”马古他说。语气里没有伴随威胁，没有必要。他，马古他，他的存在是对所有生物的威胁。

暗影天尊指了指身边的沃帕拉克：“我们两个对你

一个。”

马古他释放出黑色能量，不是对准敌人，而是他们脚下的地面。一个大坑在他们面前裂开，迅速的反应使得他们免于掉进这个可能是他们坟墓的大坑里。

“一个空洞的词语——黑暗猎手，在我的眼睛里。我要我的面罩。”马古他说。

瓦克马感觉到他已经进入了一片疯狂的区域。强有力的马古他正受到暗影天尊的挑衅。沃帕拉克有感知整个宇宙的能力，但是马古他似乎并不关心。一个全方位的冲突可能毁掉整个美特吕，如果他不采取行动的话。他给身边的牢笼加上强热，希望溶化或者粉碎这个监牢。此时，他一直观察着这个冲突。

“时间面罩和战士的性命，是对我失去两个手下的补偿。”暗影天尊说，“按照你的要求，他们被派到这里，可是没有返回，这个不能就这么算了。”

瓦克马感觉到自己到了空中。马古他取消了他身体下面的引力，他现在开始盘旋在两个敌人之间。

“我说什么就是什么。”马古他说，“很好，干掉这个战士。如果他能够满足你复仇的愿望的话。那么我们现在应该讨论这个面具的命运了。”

瓦可马听得很清楚。他是个战士，不是市场交换的小商品。怒火中烧，囚禁他身体的固体粉碎了，碎片飞向四方。马古他大吃一惊，发现自己失去了对重力的控制，瓦可马掉下来，在空中扭曲着身体掉下来。

火战士退后几步，举起双手，伸出手掌，指着两个敌人。白热的火焰从他的手掌中发射出，等待着击中他的敌人。

“这样现在结束了。”他说，“我的城市在你们这样的统治下已经灾难深重。”

“愚蠢的战士。”暗影天尊回答道，“我们三个都可以在你站的地方把你砍倒。”

“我会更快地把你们击倒。”战士说，“那么，谁想先来？”

战士依次看着他们，没有一个愿意先有所行动。

“你说你想为你的手下复仇，那就仔细看看马古他吧。看到什么了吧？”

暗影天尊看了看那个带翅膀的，穿铠甲的，站在他面前的家伙。他原来看到过马古他的伪装的不同形式，但是这次他仔细地研究他，发现这个家伙的一部分有些熟悉。似乎他是个合成体。尼德希奇、卡瑞卡，还有其他的，只有一种可能……

“你杀了他们！”暗影天尊咆哮着，“你召集黑暗猎手为你工作，然后为了你的愚蠢的野心吞掉他们。任何一个马古他兄弟连的成员都不能这样对待我的黑暗猎手！现在我们之间的战争开始了！”

马古他耸耸肩膀：“那我们之间的胜者就得到时间面罩，可以吧？”

“好。”暗影天尊回答道。在他的信号下，沃帕拉克开始向前。马古他作好了应对他的准备，对暗影天尊的注意力转移了一瞬间。趁此机会，暗影天尊开始进攻。他的目光击伤了马古他的翅膀，马古他因疼痛号叫着。

瓦克马此刻被双方忘记了，他趁此机会去看望流星锤异兽。他伤得很重，但是还活着。瓦克马毫不怀疑战斗的胜利者会对他下手，接着就是流星锤异兽，如果他不能给他们提供更好的事情去做的话。

沃帕拉克开始向马古他逼近，即使是黑暗之王在对付这个用时间做武器的敌人的时候还是有点困难。与其与他直接对决，马古他运用意识读取能力来预知他的动作并且躲闪开来。他在战斗中一直谋划着，寻找对手的防守弱点。

“先是你倒下，然后是你剩下的兄弟连。”暗影天尊狠狠地说，“有了时间面罩，没有人，包括你，还有战士，都不能阻止黑暗猎手的脚步。”

那我就必须把时间面罩从你的手中夺走，瓦克马想。他把飞盘发射器系到背上，开启了飞行功能。但是，没有飞到战斗地点，反而飞到大海上空了。

沃帕拉克发射了一枚冲击波。击中了马古他，非常疼痛。被击中的那部分迅速地老化了。这一击让他失去了呼吸，很快他就找到了答案。

但沃帕拉克又开始攻击的时候，马古他运用能力制造了真空状态。时间加速会影响所有的能力，但是这种攻击不容易会受到时间的影响。没有时间去创造空气，在一点空气都没有的情况下，即使沃帕拉克也需要空气。

暗影天尊发现他的手下开始踌躇，尽力去免除缺少空气的后果。他开始用自己的矛头对准马古他，释放出固态能量原。这种水晶装的物质将马古他的武器粘住了。

“他曾经束缚过你，现在也可以。”暗影天尊说。他高举着时间面罩去嘲弄马古他，“或许我应该允许你活着，作为我可以控制时间的目击者。”

这就是瓦克马需要等待的时刻。他开始奋力潜水，瞄准暗影天尊手中的时间面罩。如此快速地移动让他变得模糊不清，他突然下降，开始袭击，从暗影天尊手里夺走了时间面罩，然后飞速上升跑掉了。

暗影天尊被激怒了，他用激光眼射向那个飞走的身影。恰巧，他击中了瓦克马的飞行设备，损坏严重。瓦可马旋转着失去了控制。

“追上他！”暗影天尊命令沃帕拉克。但是这个扭曲时间的家伙现在已经听不见了。马古他的真空已经耗干了他大脑中的空气，他已经崩溃了。

“那我就自己来。”暗影天尊说，他转身对马古他说，“当我把这个战士的面罩挂在我的矛上，我就回来对付你。”

暗影天尊还没有走出三步，马古他的声音响起来了——

“黑暗猎手。”

他转身回头，看到他的敌人正准备起程。

“如果你确定你能对付我。”马古他说，“那你就是对我太不了解了。”

说着，这个家伙绷紧他的肌肉，粉碎了身体上的束缚。然后向暗影天尊走去，眼睛里怒火升腾。暗影天尊发射了更多的固态能量原，但是只是被击向一边。更让人绝望的是，他发射的眼能量溶解了马古他胸前的铠甲，但是马古他依然前进，一刻不停，他的眼睛锁定了暗影天尊。

“你已经挑战了我。”马古他冷冷地说，“击伤了我，囚禁了我，胆敢让你的完美的野心凌驾于我的意愿之上。你寻找时间作为你的盟友，现在，就是你的死期!”

马古他高举起暗影天尊，把他扔向沃帕拉克那边。当他击中了他的手下，沃帕拉克的时间防御功能开始起作用了。暗影天尊感觉到时间飞快地滑过，他的身体在衰老。他最后的时刻变得奄奄一息了。

令人满意的是，暗影天尊转身向火村走去。瓦克马早就向这个方向走，并且仍然掌握着时间面罩。是时间来对付那令人讨厌的战士了，一直对付下去。

在他的后面，有一个古老的暗影天尊成功地推开了沃帕拉克。他或许在瞬间老去了三千岁。他不能确定自己的生命还剩下多少时间，但是当他看到马古他离开的时候，他发誓所有的时间都用来让马古他偿还这一刻，偿还，偿还。

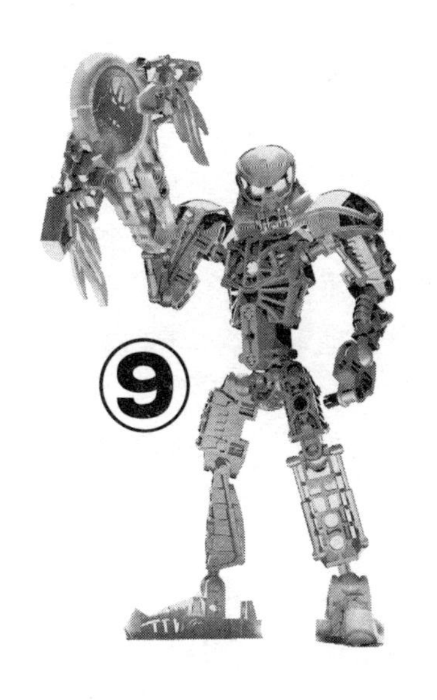

瓦克马战士可能要死了。

他的飞行装备严重受损，甚至像飞盘发射器一样再也不起作用了。他旋转着失去控制，正向着曾经是火村大熔炉的一片瓦砾而去。下面没有什么水坑他可以瞄准的，唯一得到安慰的就是在下落中时间面罩摔碎不用修了。

他突然意识到什么是更坏的事情，甚至比他的死还要严重得多。这时候，下面的地面突然开始变形。突然，不像石头还是人行道，更像是一个被打扰的蛇的圈套。不，不是，那些在地面翻腾的不是黑绿色的毒蛇，而是藤蔓!

这是不可能的！瓦克马想。马古他的又一个小骗局。莫布扎克已经不见了，我们已经把他杀死在大熔炉里了。

但是现在没有时间来问问题了。他掉落到地面，并没有预期的强烈撞击。相反，那些藤蔓形成了像床一样的东西托住了他。当他努力恢复意识的时候，它们包裹起他，带着他往街上走去。

瓦克马的眼睛花了好长时间才适应了黑暗。他从手中发射出一团火焰照亮了周边的环境。发现他的脚踝被藤蔓紧紧地环绕着。

“不要用火。”一个低沉的声音发出来。瓦克马知道这种声音，充满了死亡和衰弱。这是一个他再也不想听到的声音。

“卡扎尼……”他喘息着。

藤蔓松开了他并滑走了。现在他发现一大块东西在角落里，看起来像魔鬼一般的半死不活的树。卡扎尼是马古他最初设计的植物生物，但是事与愿违。马古他把他从美特吕流放了，后来战士们遭遇到他的地方。卡扎尼为了他自己欺骗战士们重新找一小瓶活质能量流，然后这种物质让植物自己燃烧死了。后来，战士们用了这个植物的一部分在返回美特吕的途中为船增加浮力。

“你已经死了，”瓦克马说，“这是另一个幻境。对于马古他的疯狂我已经受够了。”

“我也是。”卡扎尼低语道，“但是，我还是很好地活着。我是土地和绿色，瓦克马，我不会像肉体一样死去。”

“我不理解。”

“当你把我的一部分淹没在水的液态能量原里，一个极小的芽就会在里面生长。很快，这个极小的一部分就会成长为新的卡扎尼，带着过去的智力和记忆。我重生了。”

卡扎尼似乎期待着瓦克马有一些激烈的反应，但是最近战士经历得太多了。他反应很平淡：“祝贺你，你在这里干什么？”

“并非所有你看到的都是幻觉。”卡扎尼回答，“马古他和我休战了。我同意扮演莫布扎克让他的错误的世界更为可信。但是现在他对你来了，战士，你没有能力击败他。你需要一个盟友。”

“不管怎么说，还是谢谢你。”瓦克马酸酸地回答，“这次历程，我有了太多的盟友了。除非你在这些植物里隐藏了特别厉害的战士武器，我看不见……”

“我有特别的对付马古他的武器。”卡扎尼说。藤蔓发出沙沙声并在房间里滑动着，“真的。”

一条藤蔓向上掀开一堆碎石。瓦克马向上看去发现美特吕的天空闪耀着星星。

“你不能和他争斗，瓦克马，因为你相信你不是真正意义上的战士。”卡扎尼继续说，“马古他看星象看到阿克茂还有其他的将要成为美特吕战士，因此他确信力刚战士会把能力给六个马特兰人。他希望你们六个经常争论的朋友成为新的战士。这就是你听到的，不是吗？”

瓦克马点头同意。

“就是这样的事实，”卡扎尼说，“就像这样发生了。然而，有个人撒谎了，战士，这个谎言让你出现了。”

“谁?”瓦克马问，不管会不会被迷惑，“力刚?马古他?”

另一条藤蔓缓缓地向上滑动，指向天空。“星星。”卡扎尼温柔地说，“星星撒谎了。它们告诉马古他说阿克茂将成为石战士，维索拉成为水战士，以此类推。马古他相信了。为了试图改变战士的使命，他把你们的名字植入了力刚战士的意识里，因此你们成了美特吕战士。但是，你从来没有怀疑过吗，瓦克马……谁把你的名字植入了马古他的意识里?”

瓦克马的大脑在飞速旋转。如果卡扎尼的话是对的，阿卡茂什么的，从来就不是什么战士。星象是错误的。这只是对马古他开的一个小玩笑。但是谁有能耐能改变星星，除非……

“马他吕?”瓦克马有点晕。

“圣灵。”卡扎尼回答道，“圣灵已经被马古他的阴谋击倒，他知道唯一的希望就是在城市里找到马特兰人成为美特吕战士。但是他知道马他吕在观察星象，他会千方百计地阻止这些人成为战士。”

现在一切都清楚了。“因此，马他吕欺骗了他。他让星星显示其他六个马特兰人会成为战士，确保马古他不会允许他们获得能力。然后他在马古他的意识里植入了六个真正的要成为战士却假装是错误的名字。”

卡扎尼发出咔咔的恶心的声音：“马古他确信自己会违背马他吕的意愿，他找到力刚运用他的能力影响力刚让你和你的朋友成为战士。聪明的马他吕希望你们一直是英雄。圣灵知道只有一条路让六个肩负使命的马特兰人成为战士，那就是欺骗马古他让他自己这么做。”

瓦克马坐在石头走廊上，试图去接受他刚才听到的。他的一切他知道都是来自马他吕的荣光，闪耀的阳光、微风，所有自然的恩赐都是。但是，在此时，他不知道马他吕还会介入让事情正确的事情。他明白了马古他让马他吕陷入无尽睡眠是个多么大的罪恶了。

“等等。”火战士说，“等一会儿。我看到了努伊的战士飞盘，诺加玛卡看到了有其他马特兰人姓名的面具小胜境。这怎么是可能的，如果他们不是战士?”

“噢，瓦克马，你的火焰太亮了，但是你依然有点糊涂。”卡扎尼责怪道，“马古他有他的兄弟连，暗影天尊和他的黑暗猎手。在巨大的宇宙中从来没有出现哪个发誓为马他吕服务，难道他就是孤单的吗?他们制造了证据帮助马古他确信，他们看起来做得不错。”

看起来好像是对的，也能接受阿克茂为什么是战士了。但是，有一个问题仍旧没有被回答：“你是怎么知道的，卡扎尼?”

卡扎尼笑着好像这是个秘密的笑话：“噢，马他吕的一个仆人碰巧来到我的地道附近，他告诉了我整个故事，我就把所有的都告诉你了，在他死去之前。”

更多的问题涌向瓦克马的大脑。是什么成员知道马他吕的秘令?他们有多少人?他们在美特吕待了多久?力刚从来没有说过，甚至是杜马长老，他们难道也不知道这个群体的存在?

他不准备在卡扎尼那里得到答案。一团阴云从上而来，集中在植物的中心。阴影像瘟疫一样在植物的枝叶间蔓延，形成了像壳一样的东西覆盖了植物。很快，天空被黑暗覆盖了。

瓦克马向上看去，发现马古他在上面。正通过天花板的洞向下看着。他胸部的铠甲已经严重受损了。墨绿色的液体能量正从里面冒出来。一片微弱的阴影从他的手掌里飘出来，这些残余的能量是用来悼念卡扎尼的。

“过来，小战士。”马古他说，“如果让我去找你，将会非常不舒服。”

瓦克马发射出一个火球，不是向马古他，而是射向远处的墙壁，在石头上烧出一个洞来。他跳进那个裂口后发现自己在档案馆的一条通道里，有好几条道路通向火焰村的地下。他在地下跑，后面是愤怒的马古他，把剩下的墙壁全部击碎了。

一连串的能量光波在瓦克马身后炸开，当他飞驰在狭窄的通道里的时候。他能听到身后的马古他沉重的脚步声，好像很近。从某种意义上说，马古他就要抓住他了，怎么办？就像卡扎尼所说，他自己不可能有能力击败马古他。

“那么，我不是孤单的。”他看看手中的时间面罩。如果马古他那么需要得到，是时候给他了。

瓦克马爬上下一个梯子，他走在了火村的大街上。接近能量原回收场。然后，他决定，他将做一个完美的设置，为了迎接马古他的到来。

没有盟友，没有流星锤异兽，没有其他战士。只有我，马古他，还有这个时间面罩。马他吕改变了星象，确认我就是要成为战士。现在是时间证明他的选择是正确的时候了。

马古他慢慢地爬上梯子。他不会承认，暗影天尊给予他的伤害比任何生物的都要重。他的面罩还有铠甲保护着他的黑暗能量，因为它的胸部被损坏了，珍贵的能量泄漏了不少。但是现在没有时间去修理了。

他会乖乖地给我，或者我从他的尸体旁边取得，马古他想。实际上，我希望这个小傻瓜试图抵抗，这会让我的胜利更甜蜜些。或许，我应该把它的尸体带给其他的战士看看，这样他们就可以享受一会儿的恐怖，在我摧毁他们之前。

他朝四周看看，寻找瓦克马的踪迹。他不怀疑，战士就躲藏在附近，做一些拙劣的埋伏计划。或许他正在考虑用时间面罩呢，这只不过是让他的生命多延长几分钟而已。

“出来吧，战士！”马古他叫喊着，“把时间面罩给我，我就会放你走。我想，你的那些英雄朋友正在思念你呢。”

唯一的回答是安静。在一种陌生的方面，已经被激怒的马古他超越了轻蔑。

“你还固执什么呢？”马古他继续说，“除了死亡，你得不到任何东西，瓦克马。在这个废墟一样的城市，这里没有任何一个人回去悼念你，甚至没有人知道你的死去。你不会以英雄的名义死去，你不过是扮演了一个微不足道的马特兰人的角色，对他们没有任何意义。你为什么冒险去死，为什么你坚持反抗我？”

瓦克马从能量原回收站狭窄的过道里迈步出来，一只手藏在身后。“因为我是个战士。”他说，他的声音清晰而有力量，“与魔鬼作战是我的职责。”

马古他的笑容变冷了：“我，魔鬼？因为我的精神上的哥哥——马他吕需要一个长时间的休息，在他做了那么多的工作过后？因为我在他缺席的时候提供了仁慈的领导？因为我拯救了美特吕免于尼德希奇和卡瑞卡的威胁？”

瓦克马看到马古他在说话的时候正在转圈，希望去吸引战士的注意到作战区域。但是，他不是在对付一个新手了。“是的，马古他。”瓦克马说，“你把黑暗猎手带来，然后谋杀了他们，像你谋杀力刚长老一样，并且让整个城市陷入沉睡的厄运。是的，我叫你魔鬼，甚至比魔鬼都不如。”

马古他瞪着他的敌人。瓦克马站在一条传送带旁边，上面堆满了损坏的面具。他吃惊地看到时间面罩原封不动地在它们中间。站在它们之间的，是一个最厉害的面具制造者，一个傻瓜战士。

“你的语言像你的能力一样，瓦克马，热烈，但是到最后，毫无意义。”马古他说，“现在，我要拿走这个面罩，从你这个贪婪的卫兵手里。”

马古他一个箭步上前，瓦克马把身后的手亮出来，露出一把火村的工匠用的锤子。他以迅雷不及掩耳的速度，用力挥动着锤子砸碎了破损的面罩，它们成了碎片。

“还不止这些。”战士说，“你对时间面罩又知道多少呢？你知道吗？例如说，甚至在它损毁的时候还能工作？我在海底用了一整天的时间重新获得了它。”

瓦克马打碎了一个水下呼吸面罩。

“一点狭小的瑕疵就能使时间的力量泄露出来，影响邻近的任何物体。”火战士继续说，“这个很有趣吗?”

他击碎了一个面罩，接着就是另一个。现在在他的锤子和时间面罩之间只剩下不超过两个面罩了。

“停止这幼稚的行动吧。”马古他嗞嗞地说，“你不能破坏你的最伟大的创造，面罩工匠。”

“是的，我猜想那个很难存在了。”瓦克马说着，却砸碎了另外一个面罩，声音在火村空旷的街道上回荡着。“但是，如果，我砸碎了时间面罩，我们就都要完蛋了……”

马古他盯着他，算计着。一束快速的黑暗能量能击毁这把锤子，甚至是把瓦克马打昏，但是如果他失手呢?

“解释一下。”他说，凑近战士。

“时间，马古他。”瓦克马回答道，好像是在对一个孩子说话一样，“这个面罩里含有时间的力量，破坏了它，这种能量会释放到整个宇宙，过去、现在、将来，会马上同时出现弯曲、分裂，还有折叠的时间互相疯狂地与混沌交替出现。想象吧。”

“我在想。”马古他说，“听起来，很壮观呢。”

“是吗?”瓦克马说，击碎了另外一个面罩，“想象一下，你的身体被困在庙里，一半身体正在变老，一半身体正在复员，这个对你很有吸引力吗?所有的计划和方案都结束了，因为不管你怎么想，我们都会走到过去让它失败。今天你杀死了我，我就会在某个明天我会复仇。”

瓦克玛挥舞着锤子到了时间面罩的上面，做好了砸的准备：“想象吧，你能统治一个这样的世界吗？未来是过去？现在实际上是过去的几个世纪？你能确信你已经做的还有你没有做的，当年和月融合在一起的时候？”

马古他沉思着。如果瓦克马说的是对的。破坏掉时间面罩会让世界陷入毁坏的停滞。然而，他不相信一个战士愿意让他誓言保护的村民遭受这样的命运。

“相信吧，”瓦克马说，好像他已经读懂了马古他的意识一样，“拯救那些我爱的人从你的暴政到永恒，我会结束这一切，现在。”

马古他盯着瓦克马的眼睛。这是一双已经超越了疯狂的眼睛，视死如归的，这是一双黑暗的眼睛，马古他曾经看到的，却是要返回光明的，这双眼睛不是虚张声势的眼睛。

“你想要什么？战士。”马古他最后说。

“让我和时间面罩安全地离开美特吕。”瓦克马说，“你要保证不伤害流行锤异兽、杜马长老，还有异者，让马特兰人安全地生活。”

马古他急速向前几步，带着愤怒。

“你让我待在黑暗里，什么也不做，什么也影响不了！”马古他厉声叫着，“你给我宣判活的死刑，开始吧，把面罩毁掉，让我们看看时间结束。”瓦克马开始降低锤子，“等等！”马古他叫喊着，瓦克马停了下来，他的锤子悬在半空中。

“那你要什么？”战士安静地问道，“快点作出决定，我的手累了。”

巨人号叫着，他不习惯和小的生物谈判，但是现在没有解决办法。既然时间面罩存在，那么早晚有一天世界是他的。“好的。”他说，“我会尊重你的盟友，只要他们不挡我的道路。我也会让你安全地离开。我会答应你一年的和平时期在岛屿上——只有一年，然后，你会再次得到我的消息的。”

瓦克马想了想，他知道其他的战士不会同意这样的协议的，只是因为他们不会相信马古他会信守诺言，他们会坚持战斗，甚至是立刻结束他的威胁。不管是不是这样的争斗会让美特吕陷入多大的灾难超越了所有修护的希望。

“不要挑战我的耐心，”马古他咆哮着，“你的面罩对于我来说不过是探囊取物，但是我知道有一千种方法能马上摧毁你，其中的九百四十一种会让你受伤。”

瓦克马降低了锤子，拿起了时间面罩：“那么，我怎么知道你是信守诺言的?”

马古他笑了：“你不会的。但是什么生活不带点小冒险呢？战士。”

瓦克马想作出回答，这时候他身边的世界消失了。接着，他站在一条通往岛屿的通道的出口上，他依然掌握着时间面罩。

“马古他把我从我的城市驱赶走了。但是，我们会再建造一个新的家园。

“有一天，当我们最终击败你，我们将重新回到传奇之城。我发誓，以所有战士和马特兰人的名义。”

尾声

一

马古他站在地下水路的边上。从前，这是六个美特吕战士和六个装满昏睡的马特兰人的球体逃离的地方。在这里，他们遇到了古代的异兽还有海兽，并发生了激战。最后，他们胜利了，并成功地到达上面的岛上。

所有这一切马古他都在瓦克马的意识里面读取了，除此之外还有一件事：并不是所有的球体都成功地脱险。其中一个被异兽攻击在船上滑脱了，现在被遗弃在河底。

马古他运用磁力让金属球从水底升起来。它浮出水面，进入空气中，最后停在了马古他的脚下。

马古他用力一压碰锁，罐子开了。里面睡着一个叫做阿克茂的石村马特兰人。马古他看到这景象笑了。这个马特兰人以前试图背叛战士和他的城市，他是实现马古他阴谋的理想人选。

马古他用了极小的一部分能量让阿克茂恢复知觉。这个马特兰人睁开了眼睛，然后惊恐地看看四周："我在哪里？我怎么来到这里的？这里是什么地方？"

马古他早就料到他会有这种反应。这个罐子早就被设计成能清楚里面人的记忆的了，让他们在获救后更容易被影响。马古他弯下身子，把阿克茂从里面搀扶出来："小家伙，你的脑子里满是问题，但是，我会给你提供答案。作为回报，你将接着为我做些事情。"

接着，马古他和阿克茂开始走进了无限的黑暗中。

"让我给你讲个故事吧。"马古他边走边说，"故事里说一个城市叫做美特吕，一帮叫做战士的人串通起来，让你远离伟大，并且把你无休止地遗弃在这河底。他们害怕你，就像他们害怕我一样，但是，现在我拯救了你。我们应该一起，寻找正义，为了他们的罪行反击他们。"

阿克茂点头同意。他不记得自己是怎么进入这个罐子，并在这可怕的地方搁浅的。但是，毫无疑问，是面前这个英雄般的人物救了他的命，因此听信了马古他的复杂的天衣无缝的谎言。阿克茂发誓，有一天他会向战士复仇，向长老，还有马特兰人，不管他们藏在什么地方。

二

瓦克马长老听到了船上此起彼伏的欢呼声，当看到海岸的时候。他也给自己稍微放松了一下，小小得意了一下，知道他和朋友们完成了早晚有一天要回来的誓言。

自从上次离开美特吕以后，他已经回到过这个岛屿的上面。他告诉其他战士，他已经成功地找到了时间面罩。同时找到了证据，证明他们一直以来就是真正意义上的美特吕战士。关于一些他亲眼所见的事件还有在城市里发生的部分事情，他一句话也没有说。知道马古他在下面等待着，可能会激励他们发动攻击。但是战争会让马特兰人陷入可怕的危难之中。

马古他信守了他的诺言，在战士唤醒马特兰人一年之后，他释放异兽向他们的新村庄进攻了。那是恐怖的时刻，但是瓦克马知道，如果马古他想摧毁马特兰人，他很容易就会做到。不，他只是让他们失去平衡、恐惧，然后尽可能远离美特吕而已。

用了一千多年的时间，还有整个新的战士团队，马古他还是失败了。他被光的能量击败，重返美特吕的大门敞开了。第一步就是唤醒马他吕，让宇宙恢复平衡。

火村的马特兰人跳出了船舷，费力地向近在咫尺的岸边走去。其他的也跟随在后面。杜马长老和六个异者已经冲下来欢迎了。瓦克马在千年以后重新踏上美特吕的土地时，还是抑制不住地笑了。

传奇之城再一次属于了马特兰人，瓦克马发誓，再也没有任何人，包括黑暗猎手、马古他兄弟连，能从他们手里夺走美特吕。

像过去一样，现在，还有可能的未来，战士们在海岸边相见，瓦克马站着观望。他还是禁不住想起了力刚战士，要是他看到这一刻该多好呀。然而，即使这个伟大的英雄不在，瓦克马还是觉得他的神灵正在观察着他们。

“瓦克马长老？”

瓦克马转身看到历史记录员哈莉正走过来：“是的，小家伙？”

“你还有更多的讲述过去的传说吗？”

瓦克马笑着摇摇头：“现在是书写新的传说、分享新的传说的时候了，是停止谈论过去的时候了，哈莉，未来等着我们一起去建造。”